Einaudi. S

Nadia Terranova
Trema la notte

Einaudi

ISBN 978-88-06-24890-1

Trema la notte

Qui dove è quasi distrutta la storia, resta la poesia.

GIOVANNI PASCOLI sullo Stretto di Messina
e Reggio Calabria


E Messina sirena che chiama
area triste tra il Tirreno e le stelle.

MARIETTA SALVO, *Ritornando nei luoghi*

# Preludio

Innocente e disperata, un'altra luna è sorta sullo Stretto. Sale sui cumulonembi adagiati sopra le due coste, punta la falce tra gli orli di terra che sembrano sfiorarsi e lí passerà la notte a parlare con le maree, fino a quando la prima stella del mattino non la scalzerà via.

Sotto di lei un tempo sorgevano due città, Messina e Reggio Calabria, ma oggi della loro estinta gloria è rimasto ben poco. Nelle sere di accalmia, gli spettri degli antichi abitanti si rincorrono da una sponda all'altra, scendono dai colli Nettunii, scappano verso la piana o si tuffano nel mare che li ha traditi. Quest'acqua di ombre, miti e mostri resta indifferente al loro imperversare, a me invece quelle voci tormenteranno il sonno finché lo scirocco non tornerà a silenziarle; allora, forse, ritroverò un poco di quiete. A ogni novilunio seppellisco i miei fantasmi, che poi resuscitano vivi e molesti a seconda dei venti, delle effemeridi e di piccole variazioni che avverto solo io.

Ho trascorso su questa riva tutte le notti della mia vita, e del mio finto orizzonte conosco ogni inganno: gli occhi di chi nasce davanti al mare si perdono all'infinito, ma il mio mare è diverso, ti spinge indietro come uno specchio. Io sono nata con il muro di un'altra costa a bloccarmi lo sguardo: per questo, forse, non me ne sono mai andata, anche quando l'acqua mi ha offesa e ingannata, ha violato la mia giovinezza e distrutto chi ero.

Da ragazzina, fantasticavo che nella città di fronte vivesse un bambino affacciato a una finestra uguale alla mia, un bambino solitario e rinchiuso in gabbia come me. La sua storia, la mia e quella di questo posto si sono legate sott'acqua e sottoterra, carte di quel mazzo di tarocchi che il vento ci ha disordinato nel buio. Oggi, non posso che raccontarle tutte insieme.

Laggiú di fronte a noi, nell'angolo piú scuro della Calabria, dove adesso non esiste piú niente, c'era quella che undici anni fa lui chiamava casa.

# L'Appeso

La posizione di un uomo rovesciato, la testa in basso, appeso per un piede ad un portico, con la gamba libera ripiegata all'altezza del ginocchio e le mani legate dietro la schiena, evoca immediatamente le idee della *gravitazione* e della tortura che il conflitto con essa può infliggere all'uomo.

C'è qualcosa piú forte del dolore, ed è l'abitudine.

Al dolore non ci si abitua, dicono, ma non è vero: al dolore si abituano tutti, a causarlo, a riceverlo, in una diluizione quotidiana invisibile e anestetica. Nella famiglia Fera, che abitava in piazza San Filippo a Reggio Calabria, il dolore e l'orrore erano l'aria di ogni giorno, ma Nicola, a undici anni, non lo sapeva: semplicemente, non ne aveva mai respirato un'altra.

Domenica 27 dicembre 1908, dopo cena, la madre portò sulla tavola apparecchiata il torrone di Bagnara; l'impasto di miele, albume, cacao e mandorle tostate odorava di festa natalizia; fuori dalle finestre le vetture tacevano e il buio era sceso a chiudere una giornata invernale di inaspettato tepore. Maria Fera si chinò sul figlio e, mettendogli le mani nel piatto, spezzò una porzione smodata di torrone.

– Lo so, a te non basta mai, – squittí, tirandosi via dalla fronte ciocche di capelli biondi e arruffati; poi, digrignando un poco i denti, spiritata prese a sorvegliarlo. – Ma quanto ti piace il torrone, bisogna che te lo tolga da davanti, – insisté, mentre il bambino temeva che il dolce gli si appicciasse ai molari e al palato ma, curvo sotto la voce della madre sentinella, lo spezzava in ritagli e masticava piú piano che poteva. C'era una regola che conosceva bene: qualsiasi cosa desiderasse, la madre avrebbe sostenuto che lui desiderava il contrario, poteva solo assecondarla e sperare, ogni volta, che finisse presto. Piú Nicola obbediva piú Maria si rivelava insaziabile, piú la assecondava piú diventava capricciosa. Era cosí sempre, per tutto, dalla scuola ai pasti: era l'amore della madre, l'unico di cui il bambino avesse esperienza, un sentimento che si prendeva ogni momento e ogni spazio. Maria, da quando aveva avuto la grazia di un figlio, gli aveva dedicato la vita, e non faceva che ripetergli: non essere tanto ingrato da non accorgertene, oppure Gesú ci rimane male.

Il marito Vincenzo, invece, spazio e tempo li occupava fuori casa, in città e nel mondo intero, pensando a fare soldi col commercio. Nei giorni di Natale, lui e Nicola avevano trascorso qualche ora a passeggiare ammirando le vetrine di corso Garibaldi e poi giú alla Marina, al mercato della dogana, a comprare zucchero e uva passa, e ancora al convento dei carmelitani, alla chiesa di Santa Maria delle Grazie per visitare il presepe e chiedere a Dio perdono e indulgenza, senza mai specificare per quale ragione, anzi stando attenti a non guardarsi in faccia quando nominavano la parola peccato. Al cospetto dei reggini non poteva darsi mostra di una famiglia migliore: il padre con i baffi curati, il soprabito senza pieghe e l'immancabile bastone con la testa di un alano in avorio, e dietro di lui il figlio, magrolino, con i capelli lisci e castani, spioventi sulla pelle chiara, in cui spiccavano occhi scuri e ciglia lunghe, da femmina, i pantaloni corti e lo sguardo fisso a terra. Un'armonia perfetta, un'educazione eccellente: fortunato, quel Fera, aveva visto giusto a prendersi una moglie veneta, anche se alcuni, trovandola emaciata e mezza storta, l'avevano chiamata strega. No, era di certo una buona madre, tanto premurosa e accudente, neanche i figli dei nobili venivano

su garbati come Nicolino. Questo pensava tutta Reggio,
ma, se i vociatori avessero potuto ascoltare il silenzio fra
Vincenzo e Nicola, piú che due parenti avrebbero scoperto due sconosciuti, ligi al dovere di mettersi in mostra nei
giorni di festa. Il monopolio delle relazioni e dei sentimenti era di Maria. Suo il potere, sua la ripartizione degli
affetti; quanto a Vincenzo, a lui appartenevano le tende,
le porcellane, il dovere dello stipendio ai domestici: in famiglia, di ogni cosa era padrone, e su niente comandava.

Negli ultimi anni, il bergamotto creato da Vincenzo
era diventato il piú famoso d'Italia. Nicola, abbonato al
«Giornalino della Domenica», si era abituato a vedere il
proprio cognome spuntare nella réclame alla fine di ogni
puntata delle avventure dei *Cadetti di Guascogna*, mentre una donna bruna dai capelli lunghi e la bocca carnosa
stringeva fra le mani la boccetta di profumo Fera (l'anoni-
ma signorina si chiamava Giulia ed era stata la sua balia,
sebbene cosí truccata, su quelle pagine, sembrasse un'altra persona). Il padre diceva sempre che del profumo gli
uomini compravano due confezioni, uno da regalare alla
moglie e uno all'amante, e se avevano figlie femmine gli
acquisti si moltiplicavano: da Brescia a Palermo, dal Po
al Simeto, per le strade, ai ricevimenti, a teatro, tutte le
italiane odoravano di Reggio Calabria. Di un simile successo poteva vantarsi Vincenzo Fera, che da un campo di
limoni femminelli aveva creato l'essenza perfetta. L'idea
gli era venuta da giovane e aveva fatto i soldi presto, poi,
dopo aver schifato le figlie dei notabili e le loro doti, era
andato fino in Veneto a prendere moglie da uno dei suoi
clienti piú ricchi per assicurarsi di radicare le vendite da
quelle parti, dove gli serviva. Per non sbagliarsi, per essere certo di non ricevere da una donna rogne o tradimenti,
della stirpe si era preso la creatura piú brutta: a diciannove

anni Maria aveva già lo stesso aspetto malaticcio e ringhio-
so del dicembre 1908. La biondina dall'espressione assa-
tanata, figlia di possidenti, aveva lasciato Verona e la sua
casa colonica nella zona di San Bonifacio per scendersene
sposata a Reggio Calabria, poco interessata all'amore ma
pervasa dal desiderio di imporsi sui maschi fin da quando
picchiava i fratelli maggiori con i bastoni rubati alla legnaia.
Sposare il commerciante bruttino, gobbo e di vent'anni
anni piú vecchio significava diventare subito sovrana di
casa e dell'intero Stretto, e nessuno dalle sue parti si era
sorpreso di vederla andar via seguendo quella promessa.
Intanto Vincenzo, fino ad allora impegnato di giorno a far
crescere gli affari e di notte a divertirsi nei bordelli, aveva trovato la donna giusta: una spilungona megera con gli
occhi di civetta. Nessuno gliel'avrebbe toccata.

La famiglia era nata per contratto e cosí funzionava, con
un'esclusiva mescolanza di accordi formali, perversioni e
connivenza. La storia dell'incontro tra mamma e papà era
stata ripetuta a Nicola come una persuasione e una mito-
logia. Col tempo era diventata una leggenda all'odore ro-
mantico di bergamotto, un amore che aveva dovuto fati-
care per essere benedetto da una nascita, perché all'inizio
non arrivavano bambini. «Ecco perché tua madre ti ama
tanto, capisci quanto sei fortunato? Gli altri non hanno
nessuno che li protegge come io proteggo te», gli sussurrava Maria la sera. La bocca le si storceva quando parlava
in falsetto, rendendo grottesco ogni tentativo di travestir-
si di dolcezza; la malagrazia era parte inestirpabile di lei,
l'accento dava alla sua voce l'andazzo di un temporale,
con tuoni e apocalissi e vallate e stagnazioni dentro cui il
figlio non riusciva a muoversi, poteva solo lasciarsi prendere a schiaffi dai venti.

La sera del 27 dicembre, Nicola continuava a mastica-
re torrone come se a ogni morso scendesse giú il veleno,
Vincenzo, estraneo a tutto ciò che riguardava moglie e figlio, si accese una sigaretta e scivolò sulla sedia stenden-
do le gambe, appagato. Anche per quel giorno era stato
un buon padre. Calava il sipario sulla domenica e non solo, finiva la settimana di Natale: l'indomani il bambino
sarebbe tornato a scuola, almeno fino a capodanno, e per
lui sarebbe ricominciato il lavoro, con le verifiche per le
prime spedizioni del 1909, che per il bergamotto si annun-
ciava in crescita. Ancora.

Gli occhi di Maria non si erano spostati dal figlio nemmeno per un attimo. Nicola raccolse con un dito le ultime mandorle dal piatto, infine, quando del torrone non
rimase niente, alzò lo sguardo per farsi autorizzare dalla
madre, e a un suo cenno si avvicinò al padre per baciargli
la mano. Il tabacco che impregnava le nocche di Vincenzo si mescolò al sapore di miele. Nicola abbassò il capo,
fece l'inchino a entrambi i genitori, abbandonò il salone,
uscí in giardino, attraversò il vialetto tra le piante e andò
verso la sua botola.

Il cigolio dello sportello che si apriva ruppe il silenzio
della notte.

Nicola si avviò giú per le scale mentre gli sembrava che
Maria continuasse a fissarlo, il suo sguardo era una spinta
sulla schiena, cacciava il bambino giú, sempre piú giú, un
gradino dopo l'altro, tra pareti umide, verso il destino di
ogni notte, ovvero il catafalco disposto per lui in cantina.

Scendere quella rampa era il cerimoniale della sera, il
viaggio al centro della Terra, fino all'ultimo scalino, su
cui Nicola si fermò, aspettando che la vista si riabituasse
al buio. Appena distinse il profilo del catafalco, si inoltrò

nella sua grotta personale e sedette sul pavimento per togliersi scarpe e vestiti; scalzo, si avvicinò al bacile per lavare piedi e mani. Era a suo agio nell'oscurità, nella ripetitività, nella fantasia di dormire fra i topi, nella ritualità delle paure. Un animale strisciò sul muro, forse un rettile, forse un insetto. Meglio non pensarci e mettersi in salvo sopra il giaciglio altissimo che i genitori avevano pensato per lui; Nicola si lavò nell'oscurità, facendo piú rumore del dovuto e producendo schizzi per tenere lontani i mostri con lo sciabordio; l'acqua fredda gli faceva venire la pelle d'oca e gli procurava brividi incontrollabili. Risistemò il bacile e si assestò sul catafalco, dove si coprí fino al mento. Il volto invisibile del padre con gli sbuffi di fumo dalla bocca semichiusa e quello della madre con gli occhi sporgenti lo inchiodarono dov'era, sdraiato senza possibilità di resurrezione.

Solo, senza una luce, fissò il soffitto e cominciò ad aspettare.

La volontà di Maria era il potere che dominava le sue giornate. Era il diavolo a suggerirgli di scappare e bisognava tenerlo indietro, pentirsi, vergognarsi del desiderio di fuga e mortificarne l'istinto. Gesú, fammi essere piú ubbidiente con l'anno nuovo, chiese, fammi amare mia madre come merita. Pure, non poté fare a meno di pensare a quanto dolce sarebbe stato avere davanti una finestra, lasciar entrare l'aria innocua della sera al posto dell'ossigeno umido di un nascondiglio sottoterra, in quel buio da galera. Ai piedi del monumento funebre che gli faceva da letto, un'ammucchiata confortevole di copie del «Giornalino della Domenica»; oltre alle storie a puntate gli piacevano le lettere dei bambini, lo rendevano uguale a tutti gli altri d'Italia, avrebbe voluto leggere anche di notte per sentir-

li vicini da laggiú, ma no, era impossibile, la notte era la
notte con le sue regole inviolabili. Allora Nicola sospirò e
pensò che le due forze contrarie che lottavano dentro di
lui, la devozione e la perplessità, avrebbero potuto ucci-
derlo. Vicino ai giornaletti, i resti di una scorpacciata di
cioccolato Talmone della sera prima, per fare contenta la
mamma: i poveri non ne avevano, gli faceva notare Maria, mentre lui poteva esaudire ogni desiderio. Che fortuna, no? Nicola passò la lingua su un residuo di miele tra i
denti: il cioccolato e il torrone erano i sogni dei bambini
di tutto il mondo e a lui non sarebbero mai mancati.

Poi arrivò la voce di Maria.

– Eccolo, il mio tesoro, che bravo, e che bene vuole alla mamma.

Le parole avanzavano assieme al rumore delle suole, Nicola si rannicchiò sotto le coperte.

– Il mio piccolino che vuole stare sempre con la mamma, sempre, perché sa che sennò lei morirebbe di dolore.

L'oscurità si riempí del profumo di bergamotto, l'abito di Maria ne era intriso come le tende, le tovaglie e ogni
stoffa della casa.

– Anche stanotte mamma si prende cura di te, per non
farti venire a rubare dai diavoli o dalle donnacce, sai quante
ce ne sono in giro, donnacce senza figli che vogliono i figli
degli altri, i piú belli. Devo stare proprio attenta, perché
piú bello di te non c'è nessuno.

Adesso Maria era accanto al letto, china su di lui, la
bocca protesa al suo orecchio.

– Ma tu non ti devi preoccupare, io e la Madonna ti
proteggiamo, non ti facciamo rubare da nessuno. La Madonna mi aiuta e tu resterai qui con i tuoi genitori.

Maria tirò fuori dalle tasche le corde sante. Come ogni
sera, dalla memoria di Nicola si stagliò nitido, tra cento

scontornati, il primo ricordo della sua vita: la madre che prendeva pezzi di funi dalle mani dei tiratori della Vara, a Messina, mentre, finito il corteo, lui e il padre aspettavano in mezzo alla folla. La fama della processione del mezz'agosto, con il carro di una Madonna che ascende al cielo fra decine di angioletti, aveva convinto Maria Fera che bisognava traversare lo Stretto con la famiglia, partecipare alla parata dei messinesi e andare a prendersi anche lei, come gli altri fedeli, le corde con cui il carro veniva trascinato da una parte all'altra della città. Si diceva che avessero proprietà magiche e taumaturgiche, guarissero gli ammalati, esaudissero gli auspici.

Nicola stese le braccia oltre il capo, strisciando col corpo piú giú possibile in fondo al letto, Maria afferrò una corda, fece tre giri intorno agli esili polsi del figlio e diede una stretta. A Nicola scappò una smorfia, nel chiaroscuro Maria la colse e fremette di soddisfazione.

– No, no, tesoro, non ti duole per davvero, questo serve a tenere via il male, – Nicola serrò le palpebre di nuovo e aspettò la seconda corda. Maria gli si allungò addosso all'altezza dell'ombelico, tirò giú le coperte e subito il corpo del bambino si intirizzí con l'aria umida. La madre gli passò la fune sulla pancia e la allacciò a una gamba del catafalco. Infine, con la terza, gli strinse le caviglie.

– Hai svuotato la vescica, vero? Tu oramai non bagni piú il letto.

Nicola fece sí con la testa e Maria gli rimboccò le coperte.

Era necessario dormire in cantina e non nella stanza luminosa con i giocattoli al piano di sopra, almeno, se il diavolo fosse venuto a cercarlo, non l'avrebbe trovato, era necessario farsi legare perché se proprio l'avesse trovato non l'avrebbe potuto portare con sé, era necessario passare la notte dentro un catafalco perché cosí, scambiandolo per un morto, il diavolo ingannato sarebbe andato a cercare altri bambini in altre case. Questo, Maria glielo aveva spiegato cento volte, e a Nicola non restava che obbedire a tanta scrupolosa protezione. Lo sai quanto ti ho voluto, gli ripeteva, e ancora: non volevi venire, il diavolo non ti voleva far nascere, ma a forza di pregare la Madonna alla fine sei arrivato e io mi sono meritata il mio premio.

– Domani mattina viene mamma e ti sveglia presto cosí andiamo a scuola. Vero che non hai paura?

Nicola stava per parlare, quando la voce di Maria si fece un sussurro.

– Ho pregato la Madonna per te, ti starà accanto tutta la notte. Il diavolo non verrà, e se verrà non ti potrà fare niente.

Disse ancora qualcosa, mentre si allontanava, ma Nicola udí solo «amore, amore», infine chiuse gli occhi e si sforzò di consegnarsi al sonno.

# La Luna

Il diciottesimo Arcano dei Tarocchi ci invita quindi a un esercizio spirituale, una meditazione su ciò che arresta il movimento evolutivo e tende a invertirne la direzione. Come il tema dominante del diciassettesimo Arcano è l'agente di crescita, cosí quello del diciottesimo Arcano è l'agente specifico alla *decrescita*, il principio dell'eclisse.

Le porte dell'infanzia erano state tutte malferme, cosí ogni volta che una si metteva di traverso la sentivo familiare, quel suo chiudersi e non chiudersi era nient'altro che la vita. Anche nell'ultima sera dei miei vent'anni ci fu la porta di una vettura che traballava e strideva, e traballando e stridendo si sovrapponeva allo sferragliare delle rotaie e agli stizziti scambi dei viaggiatori, miei coetanei ma già marito e moglie, impegnati accanto a me a litigare sull'educazione della figlia e sulle colorazioni a mano delle porcellane da tavola. A me delle storie coniugali non importava niente, pativo la cattività sul treno che ci avrebbe portati a Messina Centrale, contavo al rovescio il tempo che mi separava dalla città, dal teatro e da mia nonna, che – ne ero certa – mi avrebbe aiutata a trovare una soluzione per lo scacco in cui mi ero messa da sola, scegliendo di ribellarmi a mio padre proprio quel pomeriggio e di partire con il cuore rimestato e il desiderio di non tornare piú in paese. Intanto fremevo e mal sopportavo l'intimità con la coppia, intimità acuita da sedili troppo vicini: le chiavi per me non avevano mai funzionato, non avevo mai goduto la segretezza di un luogo esclusivamente mio. Quelle della casa di Scaletta Zanclea erano state tutte disobbedienti, d'estate si rifiutavano di aderire a toppe ingrossate dal caldo, d'inverno arrugginivano per via dell'umidità e dell'aria salmastra, poi, quando il vento di nord-est scuoteva gli usci e le persiane, l'afa sformava i chiavistelli, i catenacci sudavano e correnti contrarie li gonfiavano a dismisura, le porte delle stanze sbattevano e nelle stagioni di mezzo finivano di rompersi.

Sul treno, il frastuono della porta rotta copriva metà delle frasi, e il dialogo tra i miei vicini di posto assunse l'aria di uno scambio appena interrotto o appena ripreso. Ricostruivo le parole mancanti scrivendo sullo spazio bianco tra una risposta e una domanda: lei, mento aguzzo e capelli scomposti, si era accorta di una macchia di latte sul corpetto solo dopo che il treno era partito e dava la colpa al rigurgito della bambina, lui insisteva sui difetti della moglie accusandola di aver scelto le stoviglie sbagliate e di non essere per la figlia la madre che avrebbe meritato. Sperai che i due si dessero tempo di mutare destino a quell'acredine, non la lasciassero incistare: come me fuggivano dai paesi della costa per partecipare alle feste mondane della città, e forse si sarebbero elevati dalle loro piccole miserie per tornarvi con animo corroborato. Sí, il nuovo anno sarebbe stato un nuovo inizio. Di certo, sperarlo per loro era piú facile che sperarlo per me.

Scappavamo allo stesso modo dalla provincia, ciononostante non eravamo uguali: loro avevano a favore un vento di scelte giuste, si erano uniti davanti a Dio, si erano riprodotti, non avevano disatteso aspettative sociali e familiari, perfino la loro coriacea infelicità era perfetta: quel matrimonio funzionava e non funzionava, alla maniera di tutti i matrimoni. Una porta malferma ci divideva e traballando segnava la separazione dei due mondi, loro potevano parlare ed esporsi, io mi adombravo e non riuscivo nemmeno a leggere, eppure facevamo lo stesso viaggio e ne condividevamo l'origine, l'inverno delle creature marginali. Per sopravvivere, loro avevano scelto il matrimonio e io i libri, perciò sarebbe stato sempre cosí: io ero costretta ad ascoltarli e loro non erano tenuti neppure a vedermi, anche nel momento in cui insieme scappavamo verso la città per nutrirci dei suoi miraggi. Sperai che a Messina, tra le luci del porto, avrebbero riconquistato la compassione perduta, la clemenza necessaria per tollerarsi a vicenda per il resto della vita, ma in fondo non mi riguardava; mi concentrai sulla mia inquietudine. Distolsi gli occhi dalla porta e le orecchie dai rumori per rivolgere i sensi verso il mare, fuori dal finestrino, le onde coprirono voci e cigolii, lucido riemerse il ricordo di cos'avevo appena fatto, della forza che ero riuscita a trovare.

Mio padre mi aveva accompagnata in stazione e, nel camminargli a fianco, gli avevo detto che non avrei sposato l'uomo che aveva scelto per me. Lui non aveva risposto. I miei passi erano diventati violenti e la mia attesa schiacciante, desideravo essere vista, sentirmi urlare che ero guasta e traviata: se mi avesse ordinato di buttare via il romanzo che tenevo in borsa, almeno avrebbe dato forma a chi ero: una ragazza che aveva imparato il coraggio dai libri e, specchiandosi nelle donne raccontate dalle donne, aveva scelto di somigliare a certe eroine ribelli che si sottraevano ai destini scritti per loro. D'istinto avevo stretto i manici della borsa per indicare a mio padre il nascondiglio della mia volontà. Lui, però, non aveva cambiato espressione, come se nessuno avesse parlato. Io ero nessuno, non un corpo né una voce, solo un bagaglio da portare in stazione, depositare su un treno, spedire a Messina e far rientrare il giorno dopo. Che al fondo di quella valigia ci fosse un libro e in fondo al mio corpo il desiderio di un'altra vita, importava soltanto a me.

Al binario, prima di lasciarmi andare, mio padre aveva verificato che nel vagone non entrassero persone che avrebbero potuto infastidirmi o distrarmi. I suoi occhi avevano costruito intorno al mio corpo una gabbia per tenere distanti uomini o donne poco seri, infine avevano approvato l'innocua coppia di giovani sposi che saliva sul predellino. Mi era sembrato allora che mio padre, con la sola sua presenza, avesse il potere di controllare ciò che mi accadeva e mi era montata dentro la rabbia degli invisibili, l'unica famiglia cui sentivo di appartenere, quella delle persone che non possono decidere di sé perché non hanno una tribuna e nemmeno un inginocchiatoio per le suppliche, sono state infilate a forza dentro uno scranno dorato da un dio che non hanno scelto. Mio padre era il mio dio, e io non lo adoravo. Avevo tirato fuori *Maria Landini* e glielo avevo messo fra le mani: leggetelo, gli avevo detto, leggetelo e vedrete me. Lui si era scansato, il libro di Letteria Montoro era finito sul marciapiede ed eravamo rimasti l'uno davanti all'altra con il romanzo fra noi, chi dei due si fosse chinato a raccoglierlo si sarebbe dichiarato perdente, ma mio padre non voleva perdere, non voleva giocare e neppure autorizzare la gara.

Mi piegai a riprendere il libro e le mie dita sfiorarono la polvere della stazione. Mi rimproverò per aver detto delle sciocchezze e le sue parole si iscrissero sulla mia schiena curvata, finendo di schiacciarla.

Mio padre non aveva neanche un dubbio nel respingermi. Ignorava che ero sopravvissuta alla mia infanzia, alla morte di mia madre e alla freddezza degli inverni grazie alle fughe in città e ai libri. A Messina, a casa di mia nonna e in sua compagnia, ero diventata ogni volta un po' piú grande, mentre ovunque, anche nella solitudine di Scaletta, i romanzi per me erano stati madre e coltello, carezze e armi, strade impreviste, le uniche chiavi che avessero mai aperto qualche porta. Maria Landini, la pro-

tagonista del libro che lui aveva rifiutato persino di toc-
care, non aveva sposato il crudele barone Summacola cui
era destinata, e per evitare quel matrimonio era scappata
via dalla famiglia: se avesse letto di lei, lui avrebbe visto
la mia diserzione, invece ai suoi occhi restavo sfocata.
Mio padre ordinava le donne nella bacheca delle funzio-
ni: moglie, madre, figlia, zitella, contavano la posizione e
l'ascesa, essere umili e attente a farsi da parte al momento opportuno. Quanto all'amore, o era produttivo o non
era. Mi aveva promessa a un uomo brutto e stupido, che
mi avrebbe tenuta sigillata in una casa non mia dove sarei
cresciuta come muffa graziosa e parietale occupandomi
di divani, vetrinette e figli. Le protagoniste dei romanzi
che amavo rifiutavano quella sorte con atti di eroismo,
pagandone le conseguenze, mentre io non ero riuscita a
far sentire prima la mia voce. Adesso che avevo avuto il
coraggio di farlo, la mia voce non veniva ascoltata.
   – Di' a mia madre che la prossima settimana andrò in
visita, e che stasera, dopo il teatro, preferirei ti portasse
subito a casa. Mi sembra che di divertimenti tu ne abbia
abbastanza, dovresti cominciare a prenderti un po' di re-
sponsabilità.
   Furono le ultime parole di mio padre. Era inutile pro-
nunciarne altre, mi limitai a salutarlo con obbedienza e a
ringraziarlo per avermi concesso quella sera di svago, quindi presi posto nel vagone con l'idea di non tornare mai piú
nella sua casa e sotto il suo controllo.

   Il treno arrivò in orario a Messina Centrale.
   Gli sposi mi sfilarono davanti senza avermi degnata per
tutto il viaggio, troppo assorti nel loro malessere condiviso
per dare spazio alla mia esistenza; se quelli erano gli sguardi
da cui, secondo mio padre, avrei dovuto sentirmi protetta,

non c'era da stupirsi che avessi imparato in fretta a cavarmela da me. Attraversai l'atrio della stazione e fui fuori.

Alto, uno spicchio di luna crescente rischiarava i colli Nettunii, si allungava sui resti del palazzo reale e alleggeriva la mia spossatezza. I raggi d'argento sciolsero parte del grumo che portavo nel cuore, esortandomi alla rinascita mentre incedevo tra carrozze e lampionai, lo strepitio degli zoccoli dei cavalli e la magia delle luci che si accendevano, a ogni passo immaginavo la ragazza che volevo diventare, cercavo il coraggio di piantare i miei occhi negli occhi degli altri, non solo in quelli di mio padre ma anche di mia nonna, con lei mi sarei sfogata chiedendo consiglio, sognavo di respingere con forza l'uomo di cui non volevo neppure pronunciare il cognome perché tanto non sarebbe mai diventato il mio. Camminavo a testa alta nella sera di Messina, la voce dentro di me si faceva sempre piú forte, ferma, il petto piú sporgente, mi trasformavo in roccia, in uno degli scogli della zona falcata della città, avrei arginato i venti e fermato le acque vincendo le correnti contrarie.

Nato in una delle case piú belle della palazzata – il chilometrico e maestoso edificio barocco sulla banchina del porto che accoglieva i naviganti dello Stretto –, mio padre aveva preferito defilarsi dalla mondanità e radicarsi in un paese: Scaletta Zanclea, un borgo sulla costa, alla giusta distanza. Quanto a me, tollerava che andassi in città solo perché significava che avrei passato del tempo con la nonna, lei avrebbe fatto da madre anche a me che una madre non l'avevo piú. Soprattutto, lui mi doveva tutelare a ogni costo. Dopo la morte della moglie, dopo che la malattia di lei aveva sconfitto principalmente lui, che non era riuscito a tenerla in vita, la tutela era diventata la misura della sua esistenza; ma per me andare a Messina significava altro, squarciavo una crepa in una barricata di giornate in-

sipide, uguali. In paese non avevo che la compagnia dei
libri e del mare, mentre in città ogni istante era una festa:
il teatro, i transatlantici, le biblioteche, i negozi, i profes-
sori, gli studenti, l'università che fantasticavo di frequen-
tare. Certe mattine ci entravo di nascosto, scivolavo agli
ultimi banchi per assistere alle lezioni di letteratura nella
stanza dove pochi anni addietro aveva insegnato il poeta
Giovanni Pascoli, che la nonna aveva conosciuto e di cui
aveva a casa i libri, li aprivo, scorrevo le dediche e la sua
firma e sognavo, un domani, di autografare il frontespizio
di un romanzo. Purtroppo l'università non era un posto
per ragazze, e se mio padre avesse saputo che ci andavo, per
giunta con la complicità della madre, non sarebbe bastata
nessuna coppia di sposi per convincerlo a lasciarmi salire
su un treno per Messina. La nonna, però, della necessità
della mia istruzione aveva un'altra idea, e sapeva cosa era
meglio tacere al figlio.

Lungo il porto, un marinaio in uniforme mi guardò come se volesse mangiarmi.
– *Celeste Aida, forma divina, mistico serto di luce e fior,* –
attaccò a cantare, poi s'interruppe e rise forte senza sfio-
rarmi, voleva mettermi paura, come facevano gli uomini
con noi donne perché non dimenticassimo chi comandava, dentro e fuori casa. Anche se ci azzardavamo ad andare sole, le strade non dovevano essere nostre neppure per
un istante. *Del mio pensiero tu sei regina, tu di mia vita sei
lo splendor*, continuai nella testa i versi mozzati, non ero
intonata e temevo di dare un segnale di disponibilità, perciò la mia bocca non si mosse, ma dentro cantavo perché,
anche se non azzeccavo una nota e il mio ritmo non riusciva a sovrapporsi a quello che cercavo di inseguire, a me la
musica piaceva e invidiavo chi la dominava. Ai corteggia-

menti molesti, invece, ero abituata e tirai oltre, cercando il piú possibile di mescolarmi alla gente mentre il canto di Radamès rimaneva sospeso, incerto tra il mio silenzio e le voci del vespro. Allora mi sembrò che ogni passante, ogni cavallo, ogni finestra intonassero l'opera che andava in scena in quel periodo, una storia di amori, guerre e tradimenti ambientata in un'Africa a noi dirimpettaia, e sentii che quella storia di sacrifici poteva riguardarci tutti, in ogni epoca e in ogni luogo, e quella donna determinata a non arretrare sui suoi sentimenti poteva essere, in maniera diversa, un'altra delle mie eroine. La nonna aveva un palco di famiglia al Vittorio Emanuele e quella sera lo avremmo occupato insieme, del resto era sempre insieme che ci andavamo, i miei non erano mai stati interessati al teatro, né alla musica né all'arte. A me invece piacevano i libretti d'opera, romanzi in miniatura che popolavano le mie giornate. Dopo aver assistito alle rappresentazioni, gli attori spezzavano l'isolamento della mia stanzetta di paese, venivano a cantare per me sopra il letto e il cassettone, tra le sedie, gli specchi, spostavano i ninnoli, la spazzola, si nascondevano negli armadi, nel vassoio della colazione; quando tornavo da Messina dopo aver visto l'opera non ero piú sola, gli uomini e le donne in costume continuavano a muoversi intorno a me su palchi immaginari, per settimane e mesi e qualche volta per sempre. Eppure doveva esserci un modo per vivere non piú schiacciata nell'angolo in cui mio padre voleva relegarmi, doveva esserci un modo per far diventare veri e concreti quei personaggi, trasformarli in persone.

Mentre raggiungevo casa della nonna i passanti mi sfioravano con i soprabiti e sorridevano, sentivo le loro voci, l'eccitazione, i frammenti di dialoghi, percepivo che mi sarebbe bastato starmene lí con l'Italia di fronte a osservare il traffico dei ferry-boat che attraccavano e salpavano, sarei stata libera di andare a teatro a vedere l'*Aida*, libera di cantare e stonare, di camminare lungo la palazzata e non aver paura dell'arroganza degli uomini.

La madre di mio padre portava il mio nome, Barbara, per via di una leggendaria storia familiare che mi sarebbe piaciuto trasformare in un romanzo. Quella storia, raccontata mille volte, cominciava da una nave da crociera sbarcata a Messina, e da una nobildonna inglese che, distratta dalle bellezze della città e in particolare dal campanile del duomo, aveva schivato per miracolo una carrozza, l'orlo le si era impigliato sotto una delle ruote, l'aveva tirata verso la strada e quasi fatta cadere; poi l'abito si era strappato e lei era rimasta in piedi. Alla straniera spaventata un soccorritore aveva suggerito l'indirizzo della ricamatrice migliore dei due mari, conosciuta semplicemente come *'a maestra*. Quando la nobile aveva bussato alla porta, era stata accolta da una ragazza ossuta, vestita di un abito color nocciola, poco piú chiaro dei capelli raccolti in una treccia, un abito purissimo, senza orpelli né niente di vistoso, che la fasciava con naturalezza. Tutto, in lei, riluceva di una cura non appariscente. *'A maestra* non aveva voluto disattendere il talento che aveva fin da ragazzina: le sue dita scivolavano magiche su sete e mussole, pareva l'interprete di una volontà superiore grazie alla quale piegava ogni tessuto. Sotto le sue mani, il vestito della signora inglese era tornato integro, come se l'incidente non fosse mai avvenuto. Intanto, le due si erano messe a parlottare in un lessico loro – una non conosceva le lingue straniere, l'altra sapeva poco di italiano, eppure avevano affidato ai sussurri, al gesticolare, un desiderio di conoscersi nato dalla solitudine tipica di chi è abituato a tenere per sé un'intelligenza esuberante, a comprimerla nel proprio mondo interiore. Si erano rispecchiate in quella particolare forma d'amore che è l'amicizia e, quando la nobile aveva guardato il ventre dell'altra, la ricamatrice aveva confermato che sí, era proprio una pancia di cinque mesi, e visto che era tonda sarebbe nata una femmina. Non avrebbe accettato denaro per il rammendo, ricamare per lei era una passione e non un mestiere, non aveva bisogno di soldi, aiutare le donne era un suo personale compito, oltre che il suo modo di non farsi rubare la vita da un matrimonio che diversamente avrebbe potuto annullarla. La straniera aveva chiesto di poterla almeno ripagare in ospitalità, l'aveva invitata in Inghilterra, ma attraversare lo Stretto non era nei programmi della *maestra*, i viaggi non facevano per lei, le piaceva starsene sulla sua isola, nella sua casa, nelle stanze dove accoglieva le sorelle. Piuttosto darò alla bambina il vostro nome, aveva detto, cosí resterete sempre qui a Messina con me. E aveva mantenuto la promessa: quattro mesi dopo, la mia bisnonna *maestra* aveva partorito una neonata sana, cui fu dato un curioso nome inglese. Ebbe inizio cosí la stirpe delle Barbare e il mio nome si radicò sullo Stretto come una pianta esotica.

Poi, rispetto alla leggerezza di quella storia, la società doveva essersi richiusa, o forse erano stati i Ruello a ripiegarsi su loro stessi dopo la morte prematura di mio nonno, per l'ansia di mio padre di governare tutto, di occupare il ruolo vacante di capofamiglia. A Scaletta mi chiamavano Rina, abbreviando Barbarina: mia madre, per quei pochissimi anni che era stata con me, lo preferiva per differenziarmi dalla suocera, mio padre per ribadire che ero piú piccola del mio nome, non una Barbara completa. Per lui sarei diventata intera dopo il matrimonio: sposandomi avrei conquistato un nuovo cognome e solo allora mi sarei potuta appropriare anche del nome di battesimo. Quanto a mia nonna, era l'unica a rivolgersi a me come Barbara, imperterrita anche davanti al figlio, che una volta si era arrischiato a correggerla: noi la chiamiamo Rina. E lei, subito: mia nipote la chiamo come voglio, la chiamo come me. Però, prima di diventare Barbara Ruello, c'era stato un tempo in cui mia nonna era la signorina Todaro e, per quanto tenesse alla mia interezza anche nella libertà, non dimenticava che il doppio cognome era il destino di ogni donna.

Io, invece, avrei voluto farmi bastare Ruello per sempre.

# Il Diavolo

Le idee evocate dalla carta nel suo complesso, proprio dal suo contesto, sono piuttosto quelle della schiavitú, nella quale si trovano i due personaggi legati al piedistallo di un demonio mostruoso. La carta non suggerisce la metafisica del male, ma una lezione eminentemente pratica: come accade che degli esseri perdano la libertà e diventino schiavi di un'entità mostruosa che li fa degenerare rendendoli simili a sé.

Si muove un'onda sotto la coperta nera, si alza un grumo, si forma una collina, la piccola piramide punta al soffitto, si agita e infine si rivela: è una bestia, e si lamenta. Quella piramide è il muso di un animale.

Nicola si solleva sui gomiti, scosta via il telo e trova un gatto bianco sporco di sangue che lo fissa e miagola, lo supplica di dargli le parole, e lui si strugge, non può insegnargli nessun alfabeto. Continua a scavare con le mani e con le poche forze che ha nel sonno, scava fino a dissotterrare un secondo gatto, striato, dagli occhi minuscoli e le occhiaie graffiate; la bocca è circondata da piccole ferite, tagliuzzata. Però è vivo. Miagola, e miagola. È un miracolo che non sia morto soffocato sotto l'altro che lo bloccava schiacciandogli la testa, lacerandola con morsi e zampate.

Ora sono liberi entrambi gli animali, quello candido e dominatore e anche quello tigrato e ferito. La coperta che li avvolgeva è lontana, il gatto sanguinante gratta sulle mattonelle, i versi del gatto violento si trasformano in un formicolio che risale su per il palmo della mano di Nicola, in un fischio nelle orecchie talmente forte che il bambino deve per forza svegliarsi.

Succedeva ogni notte. Una volta rimasto solo, anziché sprofondare in un'isolata incoscienza, Nicola cominciava a soffrire per le corde tirate sui polsi, lasciava i polpastrelli sfidare i confini della carne, intanto il buio gli mangiava l'aria nei polmoni, una forza invisibile gli scuoteva il corpo e un presagio di morte inondava la cantina. Si addormentava cosí, fra visioni e terrori, finché puntuali non sopraggiungevano gli incubi.

Si svegliò anche quella notte, allarmato dal lamento di un bambino. Provò a tirarsi su per salvarlo, ma i lacci gli ricordarono che non poteva e il lamento si rivelò un miagolio: da qualche parte sulla superficie terrestre un gatto ululava come un lupo alla luna. Nicola si impegnò a separare le pulsazioni del cuore dai suoni e dai profili della realtà. C'era davvero un animale fuori dalla cantina? Dov'erano i gatti che aveva dissotterrato nel sogno? Esistevano le creature di cui sentiva i passi? L'aria umida era satura di piccoli rumori.

In certe fiabe che Maria leggeva a Nicola, bastava battere le mani per spostarsi da un paese all'altro, da una casa a un castello, da una prigione alla libertà. Bastava un battito per fare una magia. Di notte, però, con i polsi legati, nemmeno quel semplice movimento era possibile, l'unica cosa libera su cui Nicola poteva contare erano le ciglia. Aprí le palpebre e le richiuse, le riaprí e le richiuse di nuovo, e proseguí finché non tornò sveglio e cosciente. Allora fantasticò distese di aria, acqua, terra, vide sé stesso puntare i palmi e la nuca su un prato, spingersi sulle dita dei piedi sollevando i talloni al cielo, sciogliersi sghembo in una capriola mentre il sole gli si conficcava ostinato nelle ossa. Avvertí le gambe che si scaldavano, ma non era il sole, erano le coperte, e gli venne da piangere. Trattieni, trattieniti, si ripeté percependo addosso lo sguardo torbido della madre, però piú si tratteneva piú la forza di contrazione dei muscoli se ne andava al contrario, lo smembrava facendolo sentire un tutt'uno con l'aria. Centimetro dopo centimetro, Nicola cedette sotto un peso che lo schiacciava al fondo, finché riconobbe che senza i lacci avrebbe perforato il catafalco e sarebbe finito a peso morto sul pavimento e piú giú. Se fosse stato slegato, allora sí sarebbe stato in pericolo, finendo dentro una caduta disorganica, con il corpo tutto storto e sbagliato.

Gli incubi, la sua personale sporcizia notturna, Nicola li ricordava uno per uno. Un pugnale conficcato nella ringhiera del balcone, la sera in cui si era addormentato dopo aver letto una storia di pirati. Una bambina con gli occhi sporgenti e la voce roca e grossa di un uomo, tornata spesso a visitarlo. Un animale peloso cui qualcuno aveva mozzato una coda che continuava a muoversi da sola, poco distante dal moncherino. Il ripostiglio di un terrazzo che nascondeva un neonato: Nicola apriva la porta, spolverava i mobili, il sole tagliava in due la stanza e lasciava spazio a un vagito, mentre ai suoi piedi giaceva un fagottino di coperte. Infine, due gatti opposti e complementari che, lottando, disegnavano sul terreno giochi di potere e sopraffazione.

Adesso Nicola poteva aprire gli occhi. Niente battiti di ciglia, niente viaggi con la testa, la dolce oscurità si trasformò nella sgraziata voce di Maria. Riecheggiarono le sue vocali chiuse con astio, le parole stirate, lunghe e suadenti come corridoi, frasi di cui Nicola non afferrava il senso ma solo il suono tentacolare di un mostro che tintinnava e ruggiva. La creatura metà medusa e metà ringhio arrivò sopra il catafalco e si fermò a pochi centimetri dal suo viso, per poi aprire una bocca gigante e piena di denti aguzzi. La

voce di sua madre lo divorò. Allora Nicola non sentí piú
nulla e dopo, sul collo, il passaggio di un mucchio di peli
ispidi, le punte dei capelli secchi e biondi di Maria. L'incubo era finito, era in braccio a sua madre. Nicola tirò le
corde nel tentativo di liberarsi, stavolta per cingere quel
corpo minuto e spinoso, ma di nuovo fu sconfitto. Anche
la salvezza, come la condanna, era solo un'illusione. Aveva il sapore della cioccolata calda del caffè Spinelli nei pomeriggi d'inverno, quando, finita la messa, Maria portava
Nicola a bere il suo premio. Entravano insieme, la madre
gli toglieva il cappotto, buongiorno signora com'è cresciuto il *picciriddu*, buongiorno a voi che tempo che fa. Chiac-
chiere di donne sopra il fumo dei notabili seduti fissi ai
loro tavoli, fintamente impegnati a leggere i giornali della
sera. L'odore stagnante di sigari e torte attraversato dal
profumo Fera, cosí Maria si ripresentava sempre, ricordava a tutti chi era e il suo potere; Nicola provava disgusto
per quel sentore di bergamotto e ficcava il naso dentro la
sua tazza di cioccolata calda, la leccava con la punta della
lingua e per un attimo era lontano e felice.

Battito di ciglia, altro giro, altra oasi. L'estate sul lungomare, l'euforia dell'aria salmastra, ed eccolo arrampicarsi
sul monumento agli insorti. Ma i giochi e le urla infantili
non dovevano turbare quel tributo serioso, Maria aveva tirato un sospiro di sollievo quando il sindaco aveva disposto
uno sbarramento per tenere lontani i bambini dalla statua.

Altro battito, altro giro. La sera in cui Maria e Vincenzo avevano discusso della fillossera che devastava i viti-
gni erano talmente infervorati da saltare la cena. Nicola
era a tavola, e per una volta aveva potuto mangiare senza
sguardi sul suo piatto, il sapore della libertà era quello del
prosciutto con l'olio, senza il pane che ogni sera Maria
gli metteva davanti dicendogli che era stato benedetto da

Dio. Il pane divino non gli piaceva, anche se si vergognava a confessarlo persino a sé stesso.

Ultimo battito, ultimo momento felice: all'inaugurazione delle nuove luci elettriche delle città, Vincenzo era stato invitato in veste di ospite d'onore e se l'era portato dietro. L'accensione dell'impianto sembrava il gioco di un prestigiatore e, mentre il padre era impegnato a salutare i conoscenti, Nicola ammirava il modo in cui i colori tingevano l'aria sullo Stretto.

Maria e Vincenzo, Vincenzo e Maria: gli oppressori erano due, ma si presentavano come uno, come nella figura uscita sul tavolo la sera in cui la madre lo aveva portato dalla cartomante.

Andiamo da una signora che ci aiuterà, aveva detto il pomeriggio di Natale dell'anno precedente, perché io da sola non ce la faccio, e tuo padre non mi aiuta abbastanza. Tirava vento nell'aria asciutta, a poco a poco che si allontanavano dal centro la gente si diradava e lo scirocco aumentava. Erano infagottati in vestiti troppo pesanti per quel vento caldo, giunti davanti a una casa bassa, dalle finestre scure, si erano tolti le sciarpe e i berretti, Maria li aveva infilati nella borsa, diventata grossa e pesante. Alla porta aveva dato tre colpi. Mia cugina è di là che vi aspetta, aveva detto una signora dal naso lungo e gobbo, poi madre e figlio si erano ritrovati in un salotto con le poltrone a fiori, intorno a un tavolo di ferro dorato. Madame, cosí Maria si rivolgeva a lei, era arrivata da Marsiglia pochi giorni addietro, era una donna robusta, dal petto grande e vivaci occhi a mandorla, tutta vestita di pizzo bianco. Conosceva gli Arcani, li sapeva leggere fin da piccola, era nipote di cartomanti, però al posto dell'aspetto notturno delle maghe aveva la risata fresca e un'espressione intensa e ingenua. Appariva divertita dal trambusto nella casa dei

suoi parenti, e ancora un po' frastornata dal viaggio. De-
clinava le parole con accento francese, ma parlava un otti-
mo italiano, la sua voce era un impasto di miele e cannella.

– È appena stata qui una ragazzina della tua età, – aveva detto a Nicola, – ti piacciono le femmine?

– È molto timido, – si era affrettata a rispondere Maria al posto suo.

– Allora, qual è il problema di questo bambino? – aveva chiesto Madame.

– Io e suo padre lo amiamo sopra ogni cosa, ma Nicola
non lo capisce, il mondo è pieno di pericoli, lui non lo sa,
crede di potersene andare in giro da solo.

Madame aveva osservato madre e figlio e mescolato il
mazzo, poi lo aveva tagliato in due e aveva mostrato la
carta: il Diavolo. Maria era saltata su trionfante: te l'avevo detto, vedi, vedi se scappi che ti succede?

La cartomante aveva quindi posato gli occhi su Nicola,
Nicola sulla carta. Ecco cosa vedeva: una creatura con le
corna e le ali, mezza demonio e mezza angelo, con il petto
da donna e tra le gambe il sesso degli uomini, seduta su un
trono e con delle catene alle caviglie, che si allungavano
fino ai piedi di due piccoli aiutanti, un diavolo maschio
e uno femmina, entrambi in miniatura. I diavoletti guardavano il grande come se da lui aspettassero di ricevere
ordini. Nicola alzò gli occhi verso Madame. Lei ricambiò
piena di compassione, e fece per dire qualcosa.

– Quanto le devo? – gioiva intanto Maria, incontenibile.

– Il consulto non vuole denaro, – aveva risposto Madame, arresa a tacere.

Maria aveva aperto la borsa e lasciato sul tavolo una
boccetta di profumo Fera. Quindi aveva salutato e, trot-
tando per strada con Nicola al seguito, gli aveva ricordato
a ogni passo: – Hai visto che il diavolo ti vuole prendere?

Ora l'hai visto pure tu –. Nicola, invece, non riusciva a smettere di pensare ai due piccoli aiutanti del demonio: maschio e femmina, Vincenzo e Maria.

Chissà se Madame era a Reggio Calabria anche quel Natale. Chissà se adesso, nella notte di gatti-lupo che ululavano alla luna, era nella casa bassa, se aveva ricevuto persone, se aveva tagliato il mazzo per loro. Chissà cosa c'era disegnato sulle altre carte, quelle che non avevano visto, e come sarebbe stato sparigliarle, buttarle tutte sul tavolo e poter scegliere la propria.

Nicola tornò a percepire il suo corpo. Aveva le natiche appiccicate alle mutande, le mutande appiccicate al lenzuolo, mentre il soffitto non esisteva piú e lui poteva vedere il cielo e la dolcezza della luna.

Aveva bagnato il letto, e la notte non era ancora finita.

# L'Imperatore

Ora, l'Imperatore del quarto Arcano dei Tarocchi non ha né spada né arma alcuna. Regna con lo *scettro*, soltanto con quello. Per questo motivo il primo pensiero che la carta evoca naturalmente è quello dell'*autorità* che sottostà alla *legge*.

Schiava e principessa, innamorata e prigioniera, figlia e amante: Aida, in disequilibrio fra gli opposti, mi apparve in teatro incompiuta e capricciosa, mentre venivo spiazzata da Amneris, l'ingannata, che grazie a tracce visibili solo all'intuito scopriva la tresca fra la sua schiava e il suo amato. Tifavo per lei, Amneris l'amareggiata, abbandonata e tradita, l'eroina scivolata dentro la tragedia di un'altra donna, che le rubava il fidanzato assieme al posto d'onore nella sua stessa storia. Ero contrariata da quella rivalità femminile che il testo aizzava, m'infastidiva che due donne dovessero contendersi un uomo, un militare neppure cosí prezioso, che già non era stato all'altezza di una e avrebbe potuto deludere anche l'altra, mi sembrarono entrambe marionette del potere degli uomini, istigate a odiarsi e trascinate nella rovina.

Durante lo spettacolo la nonna non si girò mai a guardarmi. Tutto era insolito nel suo comportamento, già il modo in cui mi aveva accolta quando ero arrivata a casa mi aveva colpita, era stizzita perché, aveva detto, mi ero ostinata a non prendere il treno precedente e adesso rischiavamo di far tardi. Non l'avevo mai vista arrabbiata con me, mi ero scusata confusamente, avevo appoggiato la borsa sul letto della stanza degli ospiti e mi ero cambiata in fretta, scegliendo d'istinto, tra le due alternative d'abito, il piú accollato, dietro il quale mi sarei nascosta meglio. Il teatro era vicino a casa, e in quei pochi metri la nonna non mi aveva rivolto una parola, aveva salutato amici e conoscenti continuando a ignorarmi.

Mi sforzai di concentrarmi sullo spettacolo, sul mio incondivisibile fastidio per l'opera di Verdi, sui dubbi solitari per ciò che concerneva la mia famiglia e i miei desideri. Tornai a cercare la maniera per godermi la rappresentazione, ma sembrava impossibile. Spinti a parteggiare per Aida, eravamo obbligati a odiare Amneris come fosse un nemico e non una vittima anche lei delle convenzioni, una che aveva dovuto farsi delatrice per salvarsi dall'umiliazione del tradimento, perché l'uomo che avrebbe dovuto sposare amava un'altra: solo il matrimonio legittimava la vita di una donna, si diceva, e se valeva per la principessa Amneris figurarsi per me che non ero nessuno.

C'era poi una nota di grottesca irrealtà nei visi dipinti degli attori, finti etiopi che si aggiravano sulla scena con facce color carboncino, imitazioni posticce di certi bambini africani nelle illustrazioni del «Giornalino della Domenica» che mi intrattenevano nei tetri pomeriggi d'inverno. Ecco, Aida sembrava una di quelle figure caricaturali, appena un poco cresciuta, ma in realtà era interpretata da un'attrice dalla pelle diafana: la tintura le colava via con il sudore e i suoi occhi smarriti, un po' mistici, si spostavano aggraziati dalla scena al pubblico, quasi a volersi giustificare per l'imbarazzo che stesse venendo fuori lei, proprio lei, con il suo corpo e la sua carnagione. Se con metà del mio cervello seguivo il palco, con l'altra inventavo una forma per i silenzi degli interpreti, decostruivo la finzione, mi insinuavo tra la persona e il personaggio, aprivo il varco tra la storia inventata e le loro vite, sentivo le preoccupazioni e le insofferenze in volo sopra le nostre teste, oltre la platea e i palchi del Vittorio Emanuele, oltre il piazza-

le, la palazzata e oltre lo Stretto, dove avrei voluto fuggire anch'io. Il tenore piú d'una volta cercò il mio sguardo,
o almeno cosí volli pensare, interpretando quel gesto nel
buio con la mia voglia di esistere, di essere vista.

Mia nonna non si distrasse mai dalla scena né mai mi
sfiorò il braccio mentre eravamo sedute accanto, nell'in-
tervallo non fece nulla piú che alzarsi, dando per scontato
che la seguissi, e ordinare due bicchieri di menta glaciale
senza chiedermi cosa volessi. Buttai giú malamente quel
bicchiere freddo, poco adatto alla stagione, la sua bevan-
da preferita, non la mia, io amavo il ferro-china. La nuova ostilità della nonna mi disorientava, ma presi tempo e
mi dissi che gliene avrei chiesto ragione con calma, non
certo nel foyer, dove eravamo circondate da gente che la
trattava al pari di una regina e guardava me con curiosità rapace, indagatoria: cosa stava combinando la nipote
della Ruello, perché non si era ancora fidanzata, e perché
veniva in città sempre da sola?

Arrivata all'atto finale, non tifavo né per Aida né per
Amneris, ma perché l'ennesima colata di tinta liberasse i
visi dei cantanti e la verità si spogliasse dalla messinscena.
Mentre dal palco avanzava l'odore della morte, la nonna,
con i capelli raccolti sulla nuca e sulle gambe la borsetta
ricamata, si commosse, in sintonia con il resto del pubblico: un'energia euforica innervò la platea e l'ultima parola
e l'ultima nota chiamarono immediato l'applauso. La nonna fu la prima a scattare in piedi, piangendo assieme agli
altri la fine di due amanti sepolti vivi.

Viva l'amore, singhiozzavano le voci intorno a me, viva l'amore e viva la patria; il sipario calava sulla grotta di
Aida e Radamès, e Amneris pregava sulla loro tomba ver-
sando lacrime di perdono o pentimento.

Fuori, la notte ci aspettava tiepida e grandiosa.

Il nuovo impianto elettrico di Reggio si specchiava lu-
minoso sullo Stretto, e le città unite da quella scia erano
piú vicine che mai, sembrava che la luna e gli astri si fossero trasferiti dal cielo al mare e l'intera Via lattea vi gal-
leggiasse sopra. Avrei voluto fare il bagno in mezzo alle
ninfee di luci, spogliarmi del soprabito e della gonna, allen-
tare il corsetto, lanciare il cappello, abbandonare le scarpe
sugli scogli e regalare il mio corpo alle sirene, sprofondare
fra le correnti come Cola, il ragazzo con la coda di pesce,
poi tornare a galla e nuotare verso la Calabria, dimenticare sull'isola tutto ciò che aveva a che fare con l'aspetto,
i gusci che mi fasciavano e mi travestivano, le stoffe che
mi costringevano a un'estetica innaturale, la mimica e le
voci di quando dovevo rivolgermi alla mia famiglia, a mio
padre e ora anche a mia nonna. Nuotando, me ne sarei andata dall'altra parte e mi sarei salvata.

Io, però, lo Stretto non l'avevo mai attraversato. Del
mondo conoscevo solo il mio paese e la mia città, nemmeno la costa di fronte mi era concessa. Da tanto desideravo
andare a Reggio per ammirare la magia dell'antico castello
aragonese, e avevo chiesto il permesso di prendere il ferry-
boat per assistere all'inaugurazione delle illuminazioni di
cui tutti parlavano, ma mio padre aveva risposto come
sempre: non è il caso, non abbiamo tempo. Per mio padre
non era mai il caso né l'ora giusta, e nemmeno aggiunge-
va un futuro, una parola per lasciar sperare che un giorno avrebbe potuto esserci per me un calendario diverso.
Blindava la risposta e passava oltre, la mia voce e la mia
questione non esistevano.

Intanto, nel piazzale era un continuo stringere e bacia-
re le mani, elogiare la bravura delle attrici e degli attori,

mandare i saluti ai parenti rimasti a casa, cosa si erano
persi, quell'*Aida* era stata una meraviglia, quante lacrime
ci aveva fatto versare, e i due sepolti vivi, che immagine
angosciosa, che finale crudele. Qualcuno aveva messo delle sedie sulla strada per chi doveva aspettare la fine delle
cerimonie di commiato tra i mondani, vi si accomodarono
alcuni vecchi, una donna incinta e anch'io. Diedi le spalle
alla facciata del teatro e tornai a guardare il mare, quando una voce sconosciuta mi chiamò per nome. Davanti a
me c'era la creatura piú bella che avessi mai visto, bella
da togliermi il fiato e soffiarlo via.

– Barbara, scusate se vi disturbo, – disse il ragazzo dalla
carnagione chiara, gli occhi verdastri e sottili capelli bru-
ni, vestito di sobria eleganza. – Non vorrei spaventarvi, vi
ho vista all'università, siete coraggiosa a frequentarla, perché non venite anche alle lezioni del professor Salvemini?

Qualcuno, dunque, si era accorto delle mie irruzioni in
accademia. Non bastava sedermi negli ultimi banchi come
la sorella di uno studente, evitare di prendere appunti per
destare curiosità, defilarmi poco prima della fine e scivo-
lare subito in strada, verso casa della nonna. Qualcuno mi
aveva vista e aveva capito che non andavo lí per aspettare, ma per ascoltare.

La creatura si scusò di avermi disturbata e si presentò.
Si chiamava Vittorio Trimarchi ed era l'assistente dello
storico Gaetano Salvemini, per una ragazza colta le lezioni del professore sarebbero state interessanti, insisteva, e
poi avrebbe potuto venire a prendermi e riportarmi a casa
se fosse stato un problema uscire da sola, mi avrebbe ri-
servato una sedia appartata, nessuno avrebbe potuto im-
portunarmi, una sedia per l'intera durata del corso. Disse
anche altro, ma ero cosí stordita che perdevo le frasi, riuscivo solo a pensare: una sedia tutta per me all'università,

un'invisibile targa con il mio nome impresso. E ancora: questa creatura che risponde al nome di Vittorio Trimarchi sa chi sono, mi ha osservata, mi ha vista con i suoi giganteschi occhi smeraldo che riflettono la mia figura, la mia anima. Ringraziai e risposi che ci avrei pensato, avrei dovuto parlarne con la famiglia per avere il permesso, perché vivevo a Scaletta Zanclea e lí trascorrevo la maggior parte del tempo, se venivo a Messina era solo per brevi periodi, ma intanto mi rafforzavo nelle mie convinzioni: entro l'inizio dell'anno nuovo troverò il modo di liberarmi e farò ciò che mi piace senza rendere conto né a mio padre né ad altri. Per una volta ero costretta a comprendere la nonna tra i miei carcerieri, e quel pensiero fu un'ombra. Vittorio intanto continuava a rassicurarmi, disse che non c'era disonore nelle donne sapienti, anzi era giusto che studiassero prima del matrimonio, avere una moglie intelligente era auspicabile per un uomo, la parità d'intenti e di cultura era il segreto di una lunga complicità. E mentre i suoi discorsi mi attraversavano, qualcosa in me si scioglieva, mi fidavo di lui con una naturalezza sconosciuta, parlavo poco perché lui diceva tutto, non avevo bisogno di aggiungere né di correggerlo, ogni parola era perfetta come il suo viso, ammiravo i suoi capelli sottili, arricciati per l'umidità che saliva dal porto. Infine mi chiese se volessi andare a casa sua, abitava con la madre e avevano invitato un gruppo di parenti, amiche e amici per il dopoteatro, e fu a quel punto che la nonna si avvicinò e rispose al mio posto che si era fatto tardi, che io ero stanca per il viaggio pure se per gentilezza non lo davo a vedere, sottolineò che ero beneducata, di certo non avrei voluto dispiacere nessuno, e toccava a lei essere ferma e salvaguardarmi. Vittorio ribatté che allora ci avrebbero aspettate a colazione il giorno seguente, quando mi fossi riposata. Vedremo, lo liqui-

dò la nonna; lui scrisse l'indirizzo su un foglio che diede
a me, ma lei me lo tolse di mano e subito gli girò le spalle.

Stavolta, durante la breve strada del ritorno, provai a
parlarle, avendo la conferma che la questione del matrimonio con l'uomo di cui non volevo neppure pronunciare il nome le era già nota, mio padre aveva agito sulle sue
inclinazioni e non si trattava di una pressione dell'ultimo
periodo ma di un lavoro radicato nel tempo, che trovava
in lei terreno fertile. Tentai comunque di fare leva su ciò
che ci accomunava, sui valori in nome dei quali mi aveva
tirata su, la musica, il teatro, la letteratura e il disprezzo
della vita di paese che la differenziava da mio padre e le
aveva fatto disapprovare le sue scelte. Proprio voi, la sup-
plicai, voi mi avete insegnato a cercare in ciò che leggevo
il mio destino. Fino a vent'anni una donna deve crescere,
mi rispose, poi si ferma. E aggiunse: con un altro cognome accanto potrai fare tutto, col cognome tuo da sola non
sei niente. Entrammo.

Sperai che il lampadario di cristallo del salone crollasse,
che ogni mobile antico finisse in polvere, che di chi eravamo stati non restasse traccia, odiai ogni marcatura della
millantata antichità della mia famiglia, e andai a dormire
sapendo che per me non c'era speranza, solo la possibilità di una fuga.

Intorno, il brulicare cittadino andava spegnendosi. Dopo il teatro si erano consumati gli ultimi divertimenti nelle case dove si giocava a carte, i messinesi dai gusti esotici
amavano il Baccarat, lo Chemin de fer e i mazzi francesi,
ma perlopiú ci si intratteneva con il Tivitti: vale a dire *ti
vitti*, «ti ho visto». Era il mio gioco preferito, fin da quando ero piccola, quello in cui se per dimenticanza o distrazione un giocatore non tirava la carta e saltava il turno uno
piú vigile poteva denunciarlo: ti ho visto, stai sbagliando,

non sei attento. *Ti vitti* era la soffiata, l'infamia, e ci divertivamo moltissimo a gridarlo, ai tavoli festosi del Natale. *Ti vitti* era ciò che nessuno di noi voleva sentirsi dire.

Eppure oggi qualcuno mi ha vista e vorrei mi vedesse anche domani, pensai prima di addormentarmi. La quiete però durò poco, sognai di essere sul palco tra Aida e Amneris e di provare a cantare senza riuscirci, senza che dalla bocca mi uscisse un filo di voce. Mi svegliai spaventata e, dopo essermi rigirata a lungo tormentata dai troppi pensieri, decisi che la notte per me finiva lí.

Affacciata alla finestra del mio secondo piano, guardavo il mare e la banchina fuori dal salone della mia infanzia e, di fianco, le finestre degli altri appartamenti della palazzata, tutte ancora serrate, quelle degli uffici che sarebbero rimasti chiusi sino alla fine delle feste natalizie, e quelle delle case dove le famiglie dormivano senza nessuno irrequieto come me.

Non riuscivo a cacciare via il viso dell'uomo di cui non volevo dire il cognome, lontano appariva confuso Vittorio e neppure lui mi calmava. Mi ripetevo l'incipit di *Maria Landini*: «Solo la potenza del dolore, amaro alimento dell'intera mia vita, spinse quasi mio malgrado la penna». L'autrice avvisava che non ci sarebbe stato, nelle sue pagine, sfoggio di erudizione o stile, ma io sapevo che non era vero: citazioni di Leopardi e di Alfieri puntellavano i capitoli, c'era sapienza nella prosa. Letteria Montoro aveva studiato, e parecchio, stando attenta a non brillare mai troppo per non attirare le invidie degli uomini. Il suo stesso nome originava da una storia di donne e parole: nel 42 d.C., la Madonna aveva inviato una missiva ai messinesi per ringraziarli della loro fede e benedirli, una Madonna scrittrice era quindi diventata la patrona della città, la Madonna della Lettera. Era lei a benedirci tutte, e Letteria Montoro non aveva fatto altro che seguire il destino impresso nel suo nome. Qualche settimana prima, dal guardiano del cimitero monumentale mi ero fatta dire dov'era sepolta, sapevo che sulla lapide era ricordata come «donna dagli spiriti liberali» e quella descrizione mi affascinava, mi ero ripromessa di andare a trovarla con piú calma. Con l'aria frizzante e scura di dicembre, giurai che il giorno seguente mi sarei inginocchiata sulla sua tomba, le avrei raccontato la mia storia per ricevere in cambio l'augurio della sua mano talentuosa, poi avrei accettato l'invito di Vittorio Trimarchi a colazione, con o senza la nonna, avrei cominciato a vivere come credevo e sarei diventata una ragazza volitiva e spregiudicata, avrei smesso di lamentarmi e litaniare, avrei pagato il prezzo per essere chi volevo. Insieme all'ipotesi di futuro tornò un inaspettato sonno. Con le gambe intorpidite, mi risolsi a mettermi a letto.

Un attimo prima di voltare le spalle alla notte, il mare si mosse.

Una polifonia mi attraversò le orecchie, il pavimento crollò insieme ai detriti della mia casa e con loro precipitai su una catasta di rovine.

Il mondo come l'avevo conosciuto finí e ogni cosa amata e odiata disparve.

# La Ruota della Fortuna

> La carta del decimo Arcano insegna, dunque, con la sua stessa immagine, l'organismo delle idee relative ai problemi della Caduta e della Reintegrazione, secondo la tradizione ermetica e biblica.

Nicola Fera aprí gli occhi mentre Reggio Calabria gli crollava addosso.

Il lenzuolo sotto le sue natiche era bagnato di piscio, il tetto della cantina crepato dalle proiezioni dei suoi stessi incubi.

Il tempo di drizzare le orecchie e l'apocalisse era già iniziata. Uno Scill'e Cariddi insieme, un mostro con sei teste, ciascuna con tre file di denti aguzzi, si era levato dal centro dello Stretto, aveva agitato la sua coda di drago e con quella aveva raso al suolo la riva calabrese mentre il fragore di un tuono anomalo la faceva deflagrare.

La cantina ballò come un sommergibile, il soffitto minacciò di schiantarsi e il bambino tirò fuori la voce dai polmoni, dimenò invano braccia e gambe, si ferí polsi e caviglie senza riuscire a sciogliere le corde che lo incatenavano al catafalco, pianse fino a bruciarsi la gola, invocò prima una Maria e poi l'altra, la madre e la Madonna, chiedendo perdono per ogni peccato commesso nei suoi undici anni di vita, pure quelli pensati, soprattutto quelli, ché il pensiero impuro, si sa, porta vizio e disgrazia. Il fragore maligno gli erose i timpani ed entrò nel suo piccolo corpo, un rumore soffocante e assassino. Per espellerlo, Nicola arcuò e sbatté la schiena come la cavia di un esorcismo, ma strusciandosi sul materasso non otteneva che di continuare a inzupparsi le mutande. Intanto, vicino al

letto, la stanza ardeva di un falò attorno al quale danza-
vano diavoli e streghe, un fuoco fatuo che non riscaldava
e non asciugava; in quale girone sto per finire, si chiese
Nicola, perché sapeva di essere morto, morto e destinato
a punizioni atroci, quel fuoco era l'inferno.

Dopo trenta secondi il mostro tacque. Il fuoco si spense, e il rombo si affievolí.

Allora il tempo smise di esistere. Spariti la notte e il
giorno, le lancette e gli orologi, i diavoli e le streghe, i
falò e i gatti sanguinanti. Nella torbida immobilità del
silenzio si alzava di tanto in tanto un mugghiare spezzato, echeggiavano miniature seriali del grande boato trascorso, nuove brevi scosse senza mai una voce, mai un
verso. Là fuori dovevano essere morti tutti, persone e
animali. Morti gli oggetti, le case, ogni organismo, ogni
cosa visibile e invisibile. E Nicola, apparteneva alla vita
o alla morte? Dove finisce la linea che le separa, se nessuno può ascoltarti?

Maria, Vincenzo, papà, mamma, mamma, papà, Maria,
Vincenzo, litaniava il bambino. Piangere e urlare furono
un tutt'uno finché, a forza di sfregare e tirare, lo spago
della mano sinistra non si assottigliò e si ruppe, e le corde
sante per una volta fecero il loro dovere di salvezza. Con la
pazienza delle dita libere, Nicola prese a lavorarsi il polso
destro, nodo dopo nodo, scavando e grattando con le sue
unghie corte, e quando riuscí a slegare anche l'altro braccio si rizzò seduto, sciolse le catene alle caviglie, saltò giú
dal letto e corse verso l'uscita.

Madre, padre, chiamò, li avrebbe salvati dal mostro,
sarebbe arrivato in tempo per portarli via di casa, chissà
dove, forse potevano andare nel Veneto della mamma?

La botola, però, era bloccata. Per quanto Nicola pro-
vasse a forzarla a pugni e spallate non si muoveva di un

millimetro, sembrava che davanti ci si fossero accatastati l'intera città di Reggio e il promontorio dell'Aspromonte.

Zuppo di lacrime e urina, senza voce, sconfitto e rauco, Nicola strisciò sotto il catafalco, bevve dallo stesso bacile in cui poche ore addietro si era lavato, e continuò a piangere senza dignità, perché la dignità è la cosa di cui meno abbiamo bisogno e che piú fa da intralcio quando proviamo dolore. Bevve e pensò che doveva centellinare l'acqua, e forse sarebbe sopravvissuto il piú a lungo possibile: senza mangiare si può vivere ma senza bere no, cosí aveva sentito da Maria, la madre carceriera che controllava anche quanta acqua lui lasciava nel bicchiere, la madre occhio e mostro che nel ricordo era diventata un angelo: se solo le avesse dato ascolto e non avesse desiderato scappare, se fosse stato buono, la fine del mondo non sarebbe giunta. Era lui, Nicola, ad aver chiamato l'apocalisse, voleva fuggire, e Dio si era arrabbiato.

– Vi chiedo perdono, madre, chiedo perdono al padre, a Dio e Maria, la santissima Madonna, che nella sua misericordia ha sciolto le mie corde sebbene meritassi di morire, – il bambino piangendo ripeteva. Di tanto in tanto una scossa, il tetto tremava, e sopra la testa di Nicola piazza San Filippo continuava a tacere.

– Perdono, madre, padre, Dio e Maria, – a volte singhiozzava, altre sognava. Non sapeva piú quando dormiva e quando era sveglio, se il pavimento era sotto la nuca o dietro le spalle. A volte gli sembrava di rivedere quei gatti che si erano azzuffati poco prima, ne udiva i versi e si schermiva dalle loro unghiate, ma erano solo sogni, perché subito dopo era in cucina, la mano della madre afferrava la sua, gli metteva sul palmo un pezzo di torrone e gli chiudeva forte le dita. Nicola percepiva la forza di Maria stritolargli le nocche e aveva paura, si sarebbe macchiato i polsini, lui non era un bambino che si macchiava con il cibo, sapeva mangiare bene, composto. Allora, cosciente e lucido, avvertiva la fame. Com'era dolce, nel ricordo, il sapore delle tazze di cioccolata sotto lo sguardo attento di Maria, come avrebbe desiderato poggiare la bocca su quella porcellana bianca e azzurra, sentire l'odore di fumo e bergamotto della caffetteria Spinelli. Si stendeva vicino al bacile, drizzava la schiena, e a quattro zampe si chinava sul bordo e lo leccava. Andò avanti per ore e ore, bevendo e leccando a sorsi misurati e continuando ad allagare i pantaloni, a tratti vigile a tratti avvolto da un sonno deformato. Improvvise catalessi e improvvisi risvegli furono le sue notti e le sue albe, in quel tempo indefinito senza notti né albe. Minuti, ore, giorni si confusero in un calendario impossibile.

Infine, nel silenzio vibrò una voce conosciuta. – Qui! Qui! – urlò, e un uomo ribatté che no, lí c'erano solo morti, inutile insistere, in quel palazzo non si era salvato nessuno.

– Scavate qui, vi prego, – supplicò ancora lei, e a Nicola sembrava disperata.

– Madame! – strillò, e si maledisse per aver pianto e gridato quando non c'era nessuno, ora che le parole gli servivano.

– Avete sentito? – piangeva lei, e il piccolo chiamò ancora e ancora.

– Madame, sono qui! In cantina! – e il suo appiglio furono le lacrime della francese e i rumori che si avvicinavano alla botola.

– Aprite! Aprite! C'è una maniglia di ferro! – Nicola dava indicazioni mentre il tono di Madame si faceva assertivo, suadente, lo tranquillizzava, lo implorava di resistere, e altre mani scavavano sempre piú veloce.

Quando la botola si aprí, Nicola uscí nella luce rossiccia del tramonto, e Madame, seduta su un cumulo di macerie, si stringeva dentro un cappotto di foggia maschile.

– Guarda che bello questo *picciriddu*, – si commosse, e lo abbracciò. – A te non ti lascio, ti porto con me.

– Andiamo, signora! – la esortò uno dei due uomini, ma lei rivolse a Nicola uno sguardo di cura.

– Questo me lo porto, – insisté.

– È la terza volta che lo dite, non ve li potete portare tutti, già ve l'abbiamo spiegato, – fece uno.

– Signora, – si uní l'altro, – è meglio se non vi fermate, ne salviamo di piú. Ne abbiamo troppi, ancora sottoterra. Questo se la cava, è grande –. Poi, a Nicola: – Corri al porto, ci sono i preti che stanno raccogliendo i ragazzini della zona, vi dànno da mangiare, si occupano loro di voi.

Madame si intristí e allentò la presa sul bambino.

– No, se puoi devi imbarcarti, vai via, qualsiasi posto sarà sicuro, vai lontano da qui.

– Dov'è mia madre? – chiese il piccolo. – E perché non posso venire con voi?

– La signora ci aiuta a scovarne altri come te. Lei indovina dove sono i vivi, siete in tanti sottoterra, lei ci indica dove scavare.

Fu allora che Nicola si guardò intorno, e davvero vide ciò che era rimasto della sua vita. Del palazzo dove era nato e cresciuto, in piedi c'era solo l'arco che separava la sala da pranzo dall'ingresso, senza piú muri né soffitti. Per il resto polvere, pietre, il profilo rovinoso del comò della mamma, cocci a fiori bianchi e gialli del servizio da tavola, libri schiacciati da mattoni, mobili in frantumi, schegge di specchi. Un gigante si era seduto sulla sua casa, e quella non ne aveva retto il peso.

– Vi ricordate di me? Sono venuto con mia madre! Mia madre, Maria, la bionda con l'accento del Veneto! Avete tirato una carta ed è uscito il Diavolo!

Madame annuí stancamente. Non sembrava interessata ai ricordi.

– Ascoltami, vai al porto, scappa: qui non è rimasto nessuno e la terra trema ancora, – insisté. – Corri via e mettiti in salvo.

Madame era persuasiva, eppure Nicola non sarebbe riuscito ad allontanarsi se ci fosse stata anche solo una speranza di trovare Maria viva sotto le macerie.

– Ditemi almeno questo, mia madre è morta? Voi che sapete tutto, mia madre è viva o morta?

– Abitava qui, tua madre? Con te? Dormiva nel letto con tuo padre?

Nicola annuí.

– Non c'è piú nessuno in questa piazza. Io sentivo solo te.

– Scavate di là! Dormivano da quel lato della casa, – implorò Nicola.

– Possiamo accompagnarlo per un pezzo di strada, la prossima casa dove dobbiamo andare è prima della Marina, – propose uno dei due uomini, vedendo che Madame titubava.

Si incamminarono tutti e quattro verso il mare, i due uomini davanti e la francese che trascinava il bambino.

– Vi ricordate di quando sono venuto da voi con mia madre? E avete detto che sarebbero venuti i diavoli a prendermi?

– Non ho detto questo.

– C'era un diavolo con due aiutanti.

Madame gli strinse le nocche piú forte.

– Come vedi, non sono venuti a prendere te.

Il palmo di Nicola sgusciò via dalla mano della donna.

– Cosa volete dire? Devo salvare mia madre! Ora tocca a me salvare mia madre dall'inferno! – aveva cominciato a urlare, guardandosi intorno come un animale spaventato. – Non vengo da nessuna parte, con voi! Devo salvare mia madre! È viva! Lei mi ha sempre protetto! È grazie a lei che sono vivo!

– Credimi, vai al porto, vai via da quella casa, non c'è piú nessuno lí, – Madame provò invano a trattenerlo, ma Nicola si dimenava e i suoi strepiti attrassero l'attenzione.

– Che ha quel bambino? Cosa gli state facendo? – l'ultima cosa che Nicola sentí fu una donna che si avvicinava, mentre i due uomini incitavano Madame a non perdere tempo. Poi tutto si dissolse alle sue spalle, mentre correva tra le macerie per tornare alla sua cantina, a sua madre.

Arrivato a quel che restava della casa, cominciò a scavare. Mamma, mamma, singhiozzò. Non poteva andare da nessuna parte, senza di lei, i rimorsi l'avrebbero seguito: lei lo aveva protetto e lui l'aveva abbandonata. Non si fidava delle parole di quella francese, cosa ne sapeva lei di sua madre? Non le credeva, credeva solo all'amore di Maria, l'unico che avesse conosciuto. Mamma, singhiozzò ancora, finché dalle macerie spuntò un piede di ferro battuto, un piede con la base rigata, il letto matrimoniale dei suoi genitori. Pianse piú forte, aveva ragione: erano lí e lo stavano aspettando. Continuò a scavare finché toccò qualcosa che non era metallo e non era pietra e ci si aggrappò, sentí una stoffa che urticava e dal polsino riconobbe la veste gialla che Maria usava per dormire, da cui fuoriuscivano quattro delle dita di sua madre. Nicola si ritrasse inorridito.

– C'è mia madre, qui! C'è mia madre! – urlò, ma intorno non c'era piú nessuno.

Nuovi boati ruppero il silenzio. Altri pezzi di casa vennero giú e una montagna di schegge e ruderi seppellí definitivamente il corpo di Maria. Nicola schivò una pioggia di sassolini in testa e sulla fronte. Se fosse rimasto lí sarebbe morto. Anche lui.

# La Torre

Colui che costruisce una «torre» per sostituire la rivelazione del Cielo con ciò che ha costruito da se stesso, verrà colpito dal fulmine, cioè giungerà all'umiliazione di essere sminuito alla propria soggettività e realtà terrestre.

Alle cinque e ventuno, a Messina, città mio desiderio e meta, mia origine e scelto destino, capitale e antitesi del paese da cui scappavo, i vivi non esistevano piú. Solo i morti e i morti viventi.

Caduta come un angelo peccatore, io a quale categoria appartenevo?

Ammaccata ma integra, per lunghi minuti nelle orecchie ebbi l'eco di tuoni vomitati dall'abisso, negli occhi fumo e cenere, sotto il corpo una frolla di cemento e, sopra, una pioggia di caligine. Le onde che volevano mangiarmi si ritrassero.

Poi, il silenzio.

La ragazza venuta giú assieme alla facciata del suo appartamento ero io. La ragazza portata via dalla finestra, dirupata da un misero secondo piano sopra un mucchio di macerie, aveva la mia faccia, la mia pelle. Quel cumulo dalla grottesca accoglienza, quel cumulo di mura e oggetti che erano stati la mia vita, aveva salvato il mio corpo, sotto di me potevano esserci tavoli e tende, armadi ed esseri umani.

Dietro un altrove di pareti precipitate si levò distinta la preghiera: *Arcangelu Micheli, si è pi' mali 'nesci beni*, ciò che è venuto a me per portarmi il male si volga invece in bene. Era la supplica che la nonna e io recitavamo quando ero piccola, la formula invocata per cacciare gli esseri

malefici che gli incubi mi mettevano nel letto. Con quella preghiera, la nonna diceva ai sogni che erano sogni e al
reale che era reale, battezzava e separava la verità e l'illusione. Stavolta l'esorcismo non funzionò. Dalla collina di
macerie da cui proveniva, la voce smise di esistere e mia
nonna con lei. Urlai il suo nome, il suo nome nudo e uguale al mio, come chiamando una me stessa diversa, e corsi
a scavare nel punto dove ero certa di sentirla, finché due
mani calde non mi cinsero i fianchi e mi tirarono via un
attimo prima che una trave cadesse. Solo allora capii che
quanto era successo era capitato proprio a me.

Un nuovo sussulto della terra sgretolò altre travi, altre colonne. A strapparmi alla tomba della nonna, prima
che si trasformasse nella mia, riconobbi la vicina, madre
di tre bambine – scavava con le mani e con i piedi, incu-
rante della nudità cui la camicia da notte la esponeva. Io
stessa dovevo apparire lasciva, avevo freddo alle gambe,
era segno che ero viva? Cosa sarebbe successo se mi avessero vista gli uomini?

Le figlie della vicina erano sotto di noi, ma non sentivo
le loro voci, non sentivo nessun rumore.

Una nebbia maligna mi impediva di vedere.

Mi stesi, mi rannicchiai su un fianco e piansi, le guance premevano sui ruderi freddi e le lacrime scendevano su
quel che restava della mia esistenza, per la rabbia presi a
morsi e graffi pezzi di pavimenti e pareti, alzai gli occhi e
sopra di me vidi emergere nel fumo brandelli di facciata,
finestre aperte sul nulla.

Le pareti tremarono. Scappai qualche metro piú in
là, e infine trovai il coraggio di guardare, vidi cos'era rimasto dell'edificio: una linea smozzicata e implosa. Io e
la nonna la chiamavamo 'a muragghia, perché una volta,
quando ero piccola, avevamo letto una fiaba orientale

ambientata alla base di un lunghissimo muro, una muraglia, appunto, che nell'antichità era servita a isolare e fortificare la Cina. Alla stessa maniera, la nostra palazzata, che si affacciava sullo Stretto con il suo chilometrico muro di appartamenti e uffici, sembrava proteggere la città dai disastri minacciati dal mare: anche quella, però, era solo un'illusione.

La donna che era stata la nostra vicina venne accanto a me. Piangeva pure lei, si copriva il viso con le mani. I suoi magnifici capelli ricci, che ricordavo curati e morbidi, si sparpagliavano ispidi sulle spalle, mentre lei tremava e singhiozzava. Provai ad abbracciarla.

– Le bambine le ho baciate tutte, – disse fissandomi, come se mi stesse supplicando. – Tutte e tre, prima di mettermi a letto, tutte e tre, Isabella, Ada, Lina, tutte e tre le ho chiamate e mi hanno risposto, la piccola non voleva mai chiudere gli occhi, sapete? Era sempre l'ultima ad addormentarsi, perché cosí ti vedo ancora, mamma, diceva. Voi non avete figli, vi invidio, perché io vorrei che qualcuno mi strappasse il cuore adesso.

– Arriveranno ad aiutarvi, ve lo giuro, – mentii.

Poco lontano da noi sporgeva un cassettone, mi avvicinai e presi tutto quello che trovai, mantelle, abiti, mi riempii le braccia e mostrai il bottino alla donna, affinché potessimo coprirci entrambe, indossare qualcosa sulle nostre camicie da notte. Lei si mise un soprabito e non volle altro, io feci fagotto di uno scialle e pigiai dentro il resto, ci avrei pensato dopo. Mi sembrò piú importante occuparmi di lei, fu il modo per rimandare i conti con il mio terrore e le mie perdite.

– Le ho fatte io. Le ho portate tutte e tre nella pancia, – disse con gli occhi nel vuoto. Da allora avrebbe dovuto vivere senza pezzi del suo stesso corpo, privata di qualcosa che io non avevo conosciuto, perciò non potevo sentirne la mancanza.

Non avevo parole per il suo dolore, che mi sovrastò ingoiando il mio. Mi presentai e le chiesi il suo nome, della sua famiglia conoscevo solo il cognome del marito.

– Mi chiamo Elvira, – disse.

Mi coprii alla meglio mentre il giorno saliva su a rischiarare il collasso di tutto e il nostro nulla.

La terra tremò di nuovo, l'ennesimo pezzo di casa precipitò. D'istinto, ci abbracciammo.

– Andiamo via, cerchiamo un posto piú sicuro, – dissi a Elvira. – Ci dev'essere un posto piú sicuro, andiamo verso il mare.

– Le mie piccoline sono qua! – urlò lei, e poi: – Andate, io voglio morire con loro.

Lei aveva le sue figlie e io non avevo che lei, una donna con cui non avevo mai parlato prima, ma le nostre case cadevano insieme. Non me ne andai.

Le voci e i visi sopraggiunsero poco dopo, quando con le luci della mattina cominciò un movimento cupo e brulicante.

Uomini e donne avanzavano tra le macerie stringendosi le mani nel riconoscersi o anche solo nel fidarsi, per cercare un contatto, un'agnizione. Passarono una giovane vestita di bianco, un gruppo di ragazzini con un prete, un anziano che correva verso il porto. Elvira si lanciò su quest'ultimo implorandolo di disseppellire le sue creature, lui la guardò storto e se la scrollò di dosso. Tutta quella gente era disperata come lei, come noi, camminavamo sopra i morti, in mezzo ai morti, ancora senza comprendere fino in fondo che eravamo vivi, incerti se lo fossimo davvero. Ognuno di noi può concentrarsi meglio su un dolore circoscritto che su troppo dolore in una volta, cosí la questione di Elvira divenne la mia, vederla elemosinare a quel modo mi dava sofferenza e una voce dentro suggeriva: riposa, le tue figlie non ci sono piú, risparmia il dolore per la tua vita futura. La pregai di aspettare, suo marito e le bambine se la sarebbero cavata, non so perché dissi quella bugia, ma allora capii che di menzogne avremmo dovuto vivere per sempre. Elvira rise di una risata nefasta, disse che suo marito era salvo, quella sera non era rientrato per dormire dalla sua amante, non conoscevo gli uomini? Certo, non sapete niente, voi che non siete sposata.

Non risposi. C'era troppa disperazione ovunque perché in me si potesse aprire uno spazio per ricevere la cattiveria. Abbandonai Elvira e cominciai a ciondolare intorno alla palazzata e agli incendi che la rosseggiavano, contavo i non morti senza arrischiarmi a chiamarli vivi, e tra loro, confusamente, provavo a individuare me stessa. Se non ero piú io, forse potevo cercare posto in un noi? Guardavo e lasciavo fluire visioni e pensieri, impotente. Noi, sagome smarginate dentro nuvole di fumo incendiario e calcinacci, incapaci di mettere a fuoco persino la nostra coscienza, ci affannavamo a verificare se rispondeva ancora un arto, se avevamo ancora un osso, provavamo a spostare le gambe sepolte da chili di mattoni, a disincastrare le braccia dai mobili, a togliere dal naso, dalla fronte, i residui delle abitazioni e delle cose nostre e vecchie. Penzolavamo da cornicioni e balaustre, contraendo muscoli che non sapevamo neppure di avere, chiedevamo e davamo credibilità ai rumori che segnalavano sotto o sopra di noi il respiro di un'altra persona. Piangevamo che non fosse piú vita quella di chi aveva perso tutto, e a ogni istante sapevamo che stavamo perdendo ancora qualcosa, qualcuno, nelle buche e negli incastri dove si levava una voce e dopo un attimo si spegneva.

A poco a poco che continuavano a crollarne parti, la forma della palazzata non era piú quella di una linea. Né

le strade né le piazze erano quelle conosciute, il mio senso
dell'orientamento era inservibile. Quando vidi il lembo
bianco della camicia da notte di Elvira sbucare da un soprabito scuro, capii di essere tornata al punto di partenza.
    Arrivarono due uomini in tenuta da carabinieri e si
occuparono di lei, che piangeva ininterrottamente le
sue figlie. Dissero che la priorità era cercare i bambini,
e la ascoltarono, uno dei due le fissava il seno e mi sembrò che non ci fosse da fidarsi, provai ad andarle in soccorso, ma lei si ribellò con odio, mi scostò e continuò a
parlare con loro. Mi arresi, nessuno avrebbe piú potuto
decidere al posto di qualcun altro cosa era giusto fare,
il desiderio al quale fino al giorno prima avevo anelato,
essere libera, ecco: l'avevo ricevuto. Forse Elvira aveva
ragione, in me il sollievo bilanciava il dolore, non avrei
piú sentito la riprovazione di mia nonna né avrei dovuto chiedere permesso per le mie ambizioni, scusarmi per
i miei comportamenti. Certo, non avrei mai sospettato
che la libertà si sarebbe presentata a me vestita da ba-
ratro, cosí poco sappiamo della forma del futuro e della
sostanza dei desideri che conviene non indugiare troppo
in loro. La speranza di cui fino ad allora avevo vissuto
apparve nella sua verità scabrosa: era stata solo una forma del mio collasso. Ero libera in un modo spaventoso e
irreversibile, dovevo usare quel dono prima che lui usasse
me, non c'era tempo, «tempo» era una parola mesmeri-
ca e morente, il giorno nasceva a dispetto di tutto, forse
avrebbe piovuto e saremmo stati tutti senza riparo. Ecco
cosa mi serviva: un riparo, mentre gli scoppiettanti fili
della linea tranviaria saltata creavano un ridicolo effetto
da luci della ribalta.
    Mi appartai dietro un muro portante, dove mi tolsi la
camicia da notte e indossai i vestiti rubati. Chissà a qua-

le delle mie vicine era appartenuto il copribusto in lana rossa, caldo ed elegante, con cui mi coprii, e quell'incongruo scialle di pizzo che avvolsi intorno alla testa: socchiusi le palpebre e feci sfilare le donne della palazzata, la brunetta dalle gambe sottili, la rossa dal naso lungo e l'espressione gentile, quella antipatica che mi guardava con disprezzo, e le altre che non avrei rivisto piú. Un cornicione cadde su una stufa e un cumulo di mura sgretolate mi esplose vicino, scappai dal fumo abbandonando gli abiti che non avevo indossato e rinunciai all'idea di nasconderli per recuperarli in seguito. Con un'eleganza fuori luogo a mascherare occhi gonfi e piedi scalzi, mi incamminai per la città, e solo allora cominciò a esserci posto per altri pensieri.

Mio padre, mi domandai, era vivo o morto?

La fine del mondo aveva colpito anche lui o l'aveva risparmiato?

Udii la sua voce nelle orecchie, avanzava tra le macerie e mi veniva incontro mormorando: Rina, Rina.

Odiavo quel nome, eppure mio malgrado lo desideravo follemente, mi avrebbe fatto sentire al sicuro, come siamo al sicuro dentro ciò che ci ha tenuto in prigione, e quando la prigione si apre ci lascia sprotetti.

Ma no, non ero Rina, ero Barbara: a Messina e per sempre. Il principale sforzo di mio padre era stato impedirmi ogni forma di felicità per immolarmi a una distorta idea di salvezza. E invece a salvarmi non era stato lui, ma quella città da cui voleva tenermi lontana, e che perfino mentre crollava e moriva mi aveva risparmiata. Rina, Rina: non avrei piú risposto al diminutivo, soltanto al mio nome intero e senza cognomi in aggiunta.

Attraversavo scalza i ruderi della città che mio padre aveva rifiutato e in cui io non avevo smesso di credere;

ogni scarto, ogni luogo o cosa che lui ignorava o disprez-
zava era stata per me fonte di interesse. Per tutta la vita
avevo guardato dove lui non guardava, desiderato per-
correre strade da lui evitate, eppure adesso che i miei piedi nudi calpestavano la polvere, e i dissesti mi ferivano
le caviglie, desideravo il guscio e la protezione delle sue
scarpe. Scarpe robuste, da lavoratore senza vezzi, scarpe che mia nonna guardava con sconforto perché erano
il simbolo di quella rinuncia alla mondanità che lei non
comprendeva né tollerava: se solo avessi potuto dissep-
pellirne un paio simile, appartenuto a un uomo come lui,
allora il mio incedere sarebbe stato diverso, invece avan-
zavo titubante nella città fantasma, diventavo io stessa
fantasma, e Messina era un corpo putrescente, una grande bocca dal fiato marcio e di fumo. Ogni angolo puzzava di morti e acquedotti saltati, di alimenti fuoriusciti da
dispense senza piú padrone, tuttavia continuavo il mio
pellegrinaggio verso il duomo sicura che fosse rimasto in
piedi, e che le persone buone vi avrebbero trovato rifugio; potermi inginocchiare di fronte all'altare e pregare
per il mio mondo sommerso mi spingeva ad andare avanti senza fermarmi. Ogni tanto, nei gruppi di vagabondi,
individuavo visi di persone che un tempo forse avevo
incrociato, ma non ne ero mai certa, non erano molte le
persone che conoscevo a Messina. Gli edifici, quelli sí, li
conoscevo alla perfezione, fregi e portali che popolavano
le mie camminate solitarie si stagliavano nitidi nella mia
memoria sebbene nel mondo di fuori non esistessero piú,
li cercavo invano fra vuoti e squilibri.
    Disallineate, case integre e distrutte si alternavano senza
senso né ragione, alcune erano state risparmiate e altre ab-
battute secondo disegni misteriosi del destino e dell'urba-
nistica. Quella notte, Dio si era seduto a un tavolo da gio-

co, uno dei tanti allestiti per le feste natalizie, aveva vinto
e perso, aveva brindato e si era incollerito, aveva buttato
giú senza ordine ogni cosa capitata a tiro.

Fui sollevata scorgendo un angolo della facciata del
Vittorio Emanuele, il teatro dove appena poche ore prima avevo goduto dell'*Aida* si era salvato, esultai. Pensai
a Vittorio, ai suoi occhi di smeraldo da cui mi ero sentita
osservata come mai mi era successo nella mia famiglia,
risalirono le lacrime e dovetti fermarmi, e all'improvviso
avvertii un nuovo tepore. Lo stesso caldo si insinuò tra le
caviglie, e un verso mi svegliò: il pelo di un gattino che
si strofinava ai miei piedi, sotto la gonna. Lo accarezzai,
era il primo animale vivo che incontravo dacché il mondo era crollato, mi scrutava tristemente; una volta capito
che non avevo da mangiare, se ne andò via.

Le anime dei cani, dei gatti, degli uccelli, e di tutti gli
animali morti, spazzati via dalle acque dei torrenti, man-
giati dal mare, avrebbero continuato a vivere assieme a
quelle degli esseri umani.

Forzandomi, ripresi a camminare. A teatro avrei trovato qualcuno, mi illudevo che la magia della serata trascor-
sa avesse tenuto su l'edificio intero, come se nulla fosse
accaduto.

La luce di quella falsata fiducia si smorzò mentre mi avvicinavo: del teatro era rimasta poco piú che la facciata,
come nelle rappresentazioni di commedie che proprio lí
erano andate in scena. La città intera era una quinta teatrale, visi di palazzi persistevano nascondendo alle spalle
travi divelte, soprammobili rotti, armadi e letti azzoppati;
gli esterni erano lapidi dietro cui si mischiavano tumuli e
ossa, come al camposanto. Messina, un corpo in agonia,
sanguinava da finestre fracassate e nonostante l'epistassi
non moriva, si ostinava a esistere puzzando di sconforto

e letame. Davanti al duomo mi arresi. Secondo quale religione la sua sorte avrebbe dovuto essere diversa?

Della cattedrale restava solo la porta, miracolata sotto il prospetto accartocciato e ripiegato su di sé, sparpagliato in minuzzoli che avevano ricoperto il selciato delle domeniche. Nella fontana di Orione, schegge di facciata erano finite nell'acqua stagnante, ogni tanto il sole si oscurava e venivano giú brevissime e afose scariche di pioggia, che non spegnevano i roghi e mi inzuppavano il vestito.

Poco lontano un cumulo ardeva. Temevo quei fuochi che si appiccavano dal nulla sulle macerie, mi allontanai e mi diressi verso piazza Pentadattilo. Se case e chiese erano per la maggior parte distrutte, fontane e statue sopravvivevano nell'inferno con un'audacia che le faceva apparire orgogliose o misericordiose, a seconda che guardassero verso l'alto o il basso, che parlassero con Dio o si muovessero a pietà per noi mortali.

Altissima, la statua della Madonna Immacolata puntava al cielo con occhi sconfortati e mani in preghiera, i putti sotto di lei non sembravano piú bambini sazi e felici ma piccoli angeli perduti, imploranti. Un piede della Vergine calpestava un serpente e l'altro si appoggiava su una falce di luna, mi aggrappai a quella visione con le ultime forze: l'astro della notte sotto il tallone sinistro di Maria sostituí l'altare sepolto sotto i resti del duomo. Mi inginocchiai a quella luna calpestata e le rivolsi la mia liturgia.

# Il Carro

Il trionfatore dell'Arcano «Il Carro» è il trionfatore delle prove, cioè delle tentazioni, e se è maestro egli lo è di se stesso. È solo, in piedi nel suo carro; nessuno è presente per applaudirlo o per rendergli omaggio; non ha armi – in quanto lo scettro che tiene non è un'arma. Se è un maestro, la sua maestria è stata acquisita nella solitudine e grazie solamente alle prove e non a qualcuno o a qualcosa di esterno a lui stesso.

Forse il problema erano i nomi.

Bisognava trovarne altri, cancellare i vecchi appellativi di cose e luoghi, riscrivere il dizionario e il libro di geografia, ideare e stampare al piú presto una cartina con una nuova toponomastica. Forse quella che un tempo per Nicola era «casa» avrebbe avuto un aspetto meno spaventoso se da allora in poi l'avesse chiamata diversamente. Forse, forse, forse: le idee arrivavano insicure e sghembe, tentativi piú che certezze, sovrapposizioni della memoria sullo sguardo, e le due cose non combaciavano mai, il ricordo era sempre eccedente o manchevole, dove prima c'era una chiesa adesso non c'era nulla, dove non c'era nulla c'erano rovine. La strada fino al porto era un inciampo in un presente sconnesso, sul viatico s'incontravano solo creature che, come Nicola, camminavano verso il mare portandosi dietro pochi panni, piccole borse. Tra loro riconobbe Dalila, una donna bruna e formosa che aveva sposato un dipendente di Vincenzo. Ogni tanto lei e il marito andavano a pranzo a casa Fera, non avevano figli e facevano commenti volgari sui bambini e sulle coppie che ne avevano, ma i genitori di Nicola a loro permettevano tutto, ridevano a battute che ad altri non avrebbero perdonato. In quelle serate lui non esisteva, ma quando doveva andare a letto anche Maria si alzava da tavola: scusate, ma se non lo accompagno non si addormenta, mio figlio non riesce a fare nulla senza di me. L'illusione di non esistere finiva nel solito modo, con le corde strette sui polsi a tirarlo giú fino alla notte, mentre sopra la testa tardavano a spegnersi gli schiamazzi degli adulti. Dalila però era viva, Maria invece non c'era piú. Nicola le si avvicinò come per aggrapparsi a quell'ultimo residuo di madre.

– Avete qualcosa da mangiare? – implorò. Lei reagí come se le si fosse attaccata al braccio una sanguisuga.

– Della tua la famiglia ti sei salvato solo tu?

Nicola annuí; la donna allora disse al suo gruppo: – Voi che dubitate del diavolo, la volete un'altra prova? Vi ricordate il bergamotto Fera, quell'onestissimo Vincenzo, e la sua brava moglie del continente, piccolina e riservata? In casa avevano un incubo, una creatura venuta dall'inferno, la poveretta prima aiutava il marito, poi aveva dovuto abbandonare per stargli dietro, che ci volete fare, quella era buona, non lo lasciava cosí, il bambino –. E, quasi strillando: – A me disse che era indemoniato. Ci perdeva sonno e soldi perché lo amava piú della sua vita, con l'anno nuovo doveva venire un prete esperto da Cosenza a fargli un esorcismo, capito che fine avevano fatto?

Nicola si paralizzò.

– E chi si è salvato, di tutta la famiglia? Quelli che hanno portato alto il nome di Reggio in Italia non ci sono piú, e il *picciriddu* mandato dal diavolo è vivo!

Un signore con i baffi si avvicinò a Nicola. – Ti sei preso pure il denaro di tuo padre? Fammi vedere, – fece per mettergli le mani nelle tasche. Nicola fuggí e l'uomo lo rincorse. Solo dopo aver scavalcato ruderi ed evitato roghi, dopo aver seminato voci scomposte che gli urlavano dietro che il terremoto era colpa sua, proprio

sua, che doveva morire per liberarli dal malocchio, dopo
aver temuto che la testa e i polmoni se ne andassero assieme al fiato, che gli amici di Dalila gli sparassero o che
sarebbe inciampato e morto incenerito, Nicola riuscí a
infilarsi in un portone aperto. Neanche allora si sentí in
salvo, però il respiro cominciò a rallentare e il sangue a
defluire. Sputò per terra e decise di addentrarsi, anche
se nulla appariva davvero sicuro, né il tetto né le pareti.
Tanto valeva morire sotto un crollo, e in un attimo fu
in cima alle scale, ma il piano di sopra non esisteva piú,
i gradini non portavano da nessuna parte, fu costretto a
ridiscendere ed entrò in una delle stanze a pianterreno,
un salone integro dove c'erano un divano, sedie imbottite, una dispensa con il vetro decorato. Su un tavolino
basso faceva mostra di sé un vassoio di arance e biscotti:
Nicola si avventò sul cibo e cominciò ad abbuffarsi, piú
si ingozzava piú lo stomaco tirava, mangiò con fame pri-
mitiva, sembrava che stesse consumando l'ultimo pasto
sulla Terra, mangiò finché la nausea non glielo impedí, e
stava ancora mangiando quando sopraggiunsero i primi
conati al sapore di agrumi. Dopo aver vomitato fu piú
lucido, si pulí con il tovagliolo che copriva il cesto. Aprí
i cassetti della dispensa e trovò l'argenteria, sfoderò un
cuscino e con quella stoffa si fece una borsa, ficcò dentro ogni posata che poté arraffare e pigiò nelle tasche i
biscotti fino a ridurli in poltiglia. Uno sguardo all'appartamento e via, di corsa verso il porto.
    Tra le esalazioni di sterco, si levò un inconfondibile
odore di salsedine. Lo Stretto, nonostante tutto, esisteva ancora. D'un tratto in lontananza rivide la sagoma di
Dalila ondeggiare come se stesse sfilando per entrare a
teatro, Nicola si fermò. Non temeva tanto lei quanto gli
uomini che l'accompagnavano, ce n'erano di nerboruti e

avrebbero potuto fargli del male, cosí grattò la schiena su
un muro in attesa di decidere la mossa migliore, e quando
sentí dei passi si voltò spaventato.

– Sei solo? – chiese un uomo con una camicia sdrucita
e pantaloni cascanti. Nicola fece no con la testa. – E dove
sono tua madre e tuo padre?

Non era pronto a questa domanda. Pensava che nessuno
gliel'avrebbe posta, ora che tutti erano morti, e gli serviva
una scusa, una qualsiasi, per evitare che l'uomo, pensan-
dolo senza nessuno, gli facesse del male. Quale la piú veloce, la piú verosimile? Si erano allontanati per cercare una
barca con cui mettersi tutti e tre in salvo? Per fare pipí,
per recuperare un oggetto prezioso sotto un crollo. Erano
dietro l'angolo, proprio lí, stavano per arrivare. Erano a
casa, ma l'avrebbero raggiunto a breve. Allora, cosa poteva inventarsi sui suoi genitori?

– Sono solo pure io. Avevo una moglie e quattro bambini, il maggiore come te. Dodici anni?

– Undici.

– Si chiamava Marco. Marco Giuseppe, il nome di uno
zio di mia moglie, Carla, e quello di un mio cugino morto
in mare. Sono importanti i nomi. Non ci restano che quelli.

Anche i grandi piangevano, dunque. Nicola non aveva
mai visto un adulto cosí spezzato.

– Tu come ti chiami?

– Nicola Vincenzo Maria Fera. Il mio nome, il nome di
mio padre, il nome di mia madre e della Madonna.

– Fera? Come il profumo?

– L'ha inventato mio padre.

– Eri ricco, quindi. Io non avevo niente. In realtà avevo
tutto e non me ne accorgevo, mi disperavo perché non riuscivo sempre a portare da mangiare ai bambini. La barca
non bastava, il mare certi giorni era proprio *schifusazzu*.

Nicola abbassò lo sguardo, mortificato neanche fosse stata colpa sua e della sua famiglia, per quella ricchezza che sottraevano ad altri.

– Le onde si sono divorate la barca davanti ai miei occhi, e la terra, la casa alle mie spalle. Io ero nel mezzo e mi sono salvato. Purtroppo.

Nicola aprí la sacca che aveva fatto con il cuscino e mostrò al pescatore gli argenti presi dalla casa crollata.

– Tenete, io ne ho tanti. Tenete.

L'uomo non sembrava interessato. – Il mondo è finito. Tu hai tutta la vita davanti, non devi stare qui con noialtri. Al porto c'è la fila per le navi. Ciao Marco. Marco Giuseppe. Mettiti in salvo.

Il pescatore ricominciò a piangere, quell'incontro pareva essere stato solo una parentesi tra vecchie e nuove lacrime. Era il primo adulto da cui Nicola non si dovesse difendere e, sotto l'effetto di un'incerta forma di gratitudine, provò il desiderio di abbracciarlo, tirò fuori una manciata di biscotti e gliela mise tra le mani insieme a un cucchiaio d'argento. Allora la terra tremò di nuovo con leggerezza e, mentre la scossa gli faceva ballare i piedi, il bambino riprese la sua strada.

Quando riuscí a vederlo per intero, lo Stretto apparve nella sua crudele maestosità, le acque in parte nere in parte sbiadite, altrove ancora di un azzurro intenso, indifferente al disastro.

Ed ecco, Nicola giunse al porto, l'ennesimo nome da cambiare. Quel luogo era stato vita e movimento, festa e viavai, ma ormai era una catacomba: relitti di imbarcazioni si intuivano nei fondali, piroscafi e velieri colpiti e sbalestrati, le boe divelte avevano nuotato verso terra o l'alto mare. Grovigli fangosi di carri, botti, ruote, schegge di case, ringhiere, frammenti di barche trascinati da onde folli erano rotolati sulla banchina, scosse di terra e di acqua si erano sbizzarrite a creare per strada dislivelli e spaccature. Al posto della Marina, con le sue due grandi vie lineari verso nord e verso sud, erano nati sentieri tortuosi fra i rottami. La fontana che abbelliva il lungomare era stata spazzata via, come le palafitte balneari amate dai bagnanti. Era sparita la spiaggia dove Nicola avrebbe voluto imparare a nuotare e Maria non lo aveva mai portato, all'altezza dello stabilimento c'era uno spiazzale piú grande di altri e un gruppo di uomini allineava e ammassava corpi, qualcuno ricoperto d'acqua e qualcuno di calce. Polveri urbane seppellivano la vita.

– Messina è peggio di Reggio, cosa venite a fare a Messina?

Un marinaio cercava di frenare la moltitudine di persone che voleva salire sulla sua torpediniera, mentre i colleghi distribuivano cibo e acqua prima di salpare.

– Andatevene a prendere il treno! Verso Napoli, verso l'Italia!

Tra la folla, frammenti di discorsi, uomini e donne instabili, impossibile cogliere piú di poche parole di fila, una frase sensata, risalire a chi diceva cosa. C'è un treno in partenza per Napoli... Non ci fanno salire... Ci vogliono uccidere tutti... Hanno dato ordine di bombardare la città... Ho un cugino a Cannitello... Avete notizie di mio marito... La ferrovia è saltata... Non ci sono i binari... Messina brucia... Chiamate il re! Chiamate il papa... Avete un po' d'acqua per me...

La gente si mosse verso la stazione, i marinai erano stati irremovibili. Tra chi dava le spalle al mare per correre in stazione c'era anche Dalila, con passo mutato, ora filava sgraziata e lasciava indietro i compagni, spintonando chi la ostacolava, come se si dovesse salvare solo lei. Nicola aspettò di non vederla piú. Infine, quando fu sicuro di essere rimasto solo, si rivolse al marinaio.

– Posso venire con voi?

– Non hai nessuno con cui andare a prendere un treno?

– Mi hanno detto di scendere al porto e imbarcarmi.

– La Sicilia è distrutta. Stiamo andando a Messina a portare aiuti a gente che sta peggio di qua, cosa vuoi fare? Hai qualcuno lí che può occuparsi di te?

– Una zia, – mentí Nicola. Non poteva rischiare né di perdere altro tempo né di prendere lo stesso treno della donna che gli aveva aizzato contro quegli uomini spaventosi. Non gli restava che imbarcarsi a ogni costo, e Messina era l'unica città che conosceva, a parte la propria.

Il marinaio non era convinto, ma Nicola non si mosse.

– Non c'è solo la sorella di mia madre, c'è anche la sua famiglia. I miei cugini, degli zii, qualcuno sarà sopravvissuto, mi vogliono tutti bene, saranno preoccupati, magari vorranno venire loro, meglio che vada io subito.

Visto che le parole non bastavano, sfilò dalla sacca due posate d'argento.

– Sali, – ordinò il marinaio, controllando in giro senza però prenderle.

In piedi sul ponte della torpediniera *Morgana*, Nicola traversò in silenzio uno Stretto cupo e delirante. Dal mare incombeva lo spettacolo di Messina in cenere. A Capo Peloro, la torre del faro si presentava spaccata come se un gigante le avesse inferto un colpo d'ascia, le ferramenta piegate e ritorte a forma di serpente. Delle abitazioni basse e allegre dei villaggi del litorale restavano muri solitari, tra le pareti bianche quelle affrescate indicavano che lí c'era stata una chiesa: anche le case di Dio erano venute giú. La palazzata era una mascella senza denti che sfiatava fumo, a tratti rossa per le fiamme. Solo i colli Nettunii, con la loro boscaglia verde raggiante, sembravano dispensati dalla morte.

Poco prima di attraccare, il marinaio si rifece vivo.

– In che quartiere abitava tua zia?

– Nella palazzata, – rispose pronto Nicola, per paura che se avesse indicato un rione piú lontano l'uomo si sarebbe offerto di accompagnarlo.

Il marinaio lo fissò. Gli guardò le scarpe di pelle lucida, gli abiti rifiniti.

– È ricca come te?

Nicola capí subito dove voleva colpire.

– Non credo le serviranno quegli oggetti che vuoi portarle. Io invece devo lavorare per vivere, e rischio di morire sepolto da un'altra scossa per salvare i bambini.

Solo dopo aver consegnato a quell'uomo la fodera con l'argenteria che aveva preso con sé per i giorni a venire, Nicola scese dalla torpediniera *Morgana* e toccò il suolo isolano.

## La Giustizia

È la bilancia che indica l'equilibrio – o ordine, salute, armonia e giustizia – ed è la spada che indica il potere di ristabilirlo ogni volta che la volontà individuale pecca contro la volontà universale.

Mentre me ne stavo ai piedi della Madonna e della luna, accanto a me s'inginocchiò un'altra donna, aveva il capo coperto, le dita giunte e graffiate, piangeva e pregava rumorosamente. Il suo odore mi distrasse, da tempo non sentivo così vicina la pelle di qualcuno, priva di profumi e artifici. Aveva sudato, tutto in lei era brusco e umido, sul dorso delle mani si confondevano lacrime e gocce di quel liquido con cui il suo corpo respingeva l'attacco del terremoto.

Interruppi la mia preghiera e aspettai che finisse le sue, quindi cominciammo subito a parlare senza bisogno di un pretesto, dicendoci che Maria avrebbe interceduto per noi. Come se la conoscessi da sempre le raccontai di mio padre e di mia nonna, confessai che in mezzo all'orrore spuntava in me un'inaspettata fiducia nei giorni a venire, perché avrei potuto inventare me stessa. Mi vergognai di quel pensiero, ma tanto non l'avrei più rivista, era una sconosciuta, non mi avrebbe giudicata. E voi, le chiesi di rimando, voi non avete nessuno?

Rispose che anni addietro aveva fatto il miglior matrimonio possibile, perché aveva sposato il Signore. Quindi avevo appena detto a una suora che il mio dolore non era puro, ma si mischiava a un inconfessabile sollievo. Indietreggiai per la vergogna, e anche per osservarla bene: non aveva la tunica, dato che anche lei era stata colta nel sonno, e nulla avrebbe potuto rivelarmi il suo stato.

Si chiamava Rosalba, era una novizia del monastero di Santa Teresa, molte sorelle erano ancora sepolte, le altre continuavano a scavare, mentre si sistemavano alla meglio nel giardino, creando con i ruderi delle piccole grotte di emergenza. Provai tenerezza per quelle donne che avevano scelto di vivere in clausura, lontane dallo sguardo umano, servendo e lodando Dio finché proprio lui non aveva deciso di distruggere il guscio ed esporle agli occhi del mondo.

Rosalba mi disse che già dalle tarde ore della mattina i vicini che fuggivano verso il porto o la stazione avevano regalato loro dei viveri, mi chiese se avessi mangiato, se avessi un posto dove passare la notte, risposi di no a tutt'e due le domande e, continuando a parlare fra noi, la seguii fino al convento, o quel che ne restava. Fummo accolte dalle urla di una ragazza che Rosalba riconobbe, e accelerò il passo. Così, prima ancora di presentarmi, aiutai le sorelle a estrarre da una fossa una novizia che si rifiutava di uscire nuda, le gettai addosso un abito azzurro piú accollato degli altri, scegliendolo tra quelli ammonticchiati al centro del giardino.

Gli indumenti che nessuno si sarebbe degnato di regalarmi venivano donati alle monache in gran quantità: ciascuno badava a coprire il proprio corpo, perfino quelli senza vita avevano la precedenza sui nostri. Le suore, però, non fecero differenza fra me e loro, e mi invitarono a prendere ciò che volevo tra busti, mantelle e coperte in eccesso, riempii un sacco con qualche cambio, trovai un paio di scarpe della mia misura, bianche e decorate, estive ma dalla suola robusta. Mangiai qualcosa con loro, poi mi accoccolai sul giaciglio che mi offrirono e finalmente, protetta da quelle donne, mi concessi di dormire.

All'alba, con i piedi corazzati contro i frammenti e gli spuntoni di una terra traditrice, volli riprendere a vagare per Messina. In realtà non avevo riposato piú di un paio d'ore, e disturbata dall'*Aida* che continuava ad andare in scena a intermittenza nella mia testa, i visi color carboncino degli attori stingevano fino a mostrarne identità spaventose, lineamenti deformi mi svegliavano di soprassalto. Nel sonno era apparso anche mio padre, sfocato ma inconfondibile, camminava lungo un binario della stazione di Scaletta Zanclea chiamandomi col mio diminutivo, Rina, Rina, e mi ringhiava contro, finché un boato seppellí i suoi rimproveri lasciandomi nel dubbio se fosse reale o meno, perché di tanto in tanto la terra continuava a tremare. Piú passava il tempo piú l'ansia di rivedere mio padre si trasformava in paura che accadesse, lottavo contro quel sentimento, contro quel peccato: i divieti con cui mi aveva cresciuta si disintegravano come i palazzi di Messina, ma, al contrario che con gli edifici, non riuscivo ad avere fino in fondo voglia che tornassero in piedi. Ancora, tra epifanie e ricordi, era rispuntato il gatto tra le caviglie, avevo sentito addosso le mani di mia nonna rugose, macchiate e familiari, e trasfigurato i volti delle suore che avevo accanto. La realtà, per quanto spaventosa, lo era meno dei sogni; dormendo ero impotente e dovevo subire tutto; da sveglia invece potevo vivere e reagire: se in mezzo a quel buio c'era una luce, quella luce era nel giorno.

All'alba del 29 dicembre, Messina era una cicatrice aperta. La sera precedente, le monache avevano diviso con me formaggio e fichi secchi da un barile in cui avevano stipato viveri che vicini, preti e passanti avevano rimediato per loro. Stavano allestendo un campo provvisorio dove restare tutte insieme prima di essere ridestinate ad altri conventi, volevano dare piú aiuto possibile, sentivano che era giusto cosí, non allontanarsi subito, sostare ancora dentro la ferita della città che le ospitava, per sanarla. Io non ero

sazia eppure non sentivo la fame, avevo solo sete, e girava voce che alla Marina i soccorritori distribuissero acqua
agli sfollati; ecco come ci chiamavano: sfollati. Ancora non
sapevamo chi eravamo, avevamo appena cominciato ad
ammettere di essere vivi e già costituivamo un problema.

Decisi di andare. Volevo prendermi l'acqua e portare una
preghiera sulla tomba di nonna Barbara, inginocchiarmi
e chiederle perdono per la sua morte, mi pesava neanche
l'avessi procurata io. Nella notte, sui cumuli di edifici sgre-
tolati oppure fra gli ammassi di cadaveri, erano spuntate
croci imbastite con legni e ferri, alcune ricavate da lamie-
re e tubi; ovunque ci fossero due bastoni, c'era anche chi
li incrociava e piantava per segnalare una fossa. A volte
vedevo la croce e non vedevo i cadaveri: là sotto qualcuno aveva lasciato la famiglia e ogni speranza di ritrovarla.

Nulla era integro nel paesaggio, a parte il quartiere del
Tirone, una via che si ostinava lieta a inerpicarsi sui colli,
costeggiata da basse case di pietra incastonate nel verde e
nella roccia; mi mancò il coraggio di avventurarmi, invidiavo le famiglie che non avevano perso nessuno. Verso
l'alto, disseminate in vari punti della città, svettavano le
statue, tutte risparmiate dal sisma, e all'improvviso ci sfot-
tevano: il Nettuno sfrontato dava al mare le natiche sode,
i polpacci carnosi, la lunga schiena sensuale, con la mano
destra indicava Messina benedicendola con indulgenza pa-
gana, nella sinistra stringeva il tridente. In mezzo alla sua
piazza, don Giovanni d'Austria, vittorioso dopo la batta-
glia di Lepanto, continuava a calpestare la testa mozzata
di un comandante turco, ma il terremoto aveva invertito
il senso della scena e il ruolo dei soggetti: fino a due giorni prima il condottiero sprigionava gloria e potenza, ora
aveva la minacciosa espressione di un castigatore. Non
esultavamo piú insieme a lui, piuttosto ci identificavamo

nell'avversario, trasformato in ciascuno di noi, schiacciati da un nemico oscuro e violento. L'immagine mi disturbava, ma sentivo dentro anche una grande forza, quella di chi deve riparare e ripararsi, camminare e non cedere a nessuna distrazione, mai. Per una ragazza sola, vagare per l'apocalittica Messina significava restare sempre vigile, non poter abbandonare la paura che qualcuno la seguisse per spaventarla da un momento all'altro. Significava essere pronta a mimetizzarsi in un gruppo di estranei fingendo di farne parte se uno sguardo torbido indugiava sulla sua solitudine, scappare se una catasta prendeva fuoco, non farsi coinvolgere nelle risse, tenersi alla larga da chi in tasca stringeva un pugnale o una pistola rubati tra i ruderi di armerie e coltellerie: chiunque in quella situazione poteva diventare un criminale, tanto più irrefrenabile perché non aveva consuetudine con le armi e non ne dominava l'uso. Camminare sola significava mantenere la calma quando qualcuno gridava che dal carcere e dall'ospedale psichiatrico erano evasi tutti, che c'erano assalti alle casseforti delle banche e alle provviste della dogana. Significava sapere che nella città incontrollata si poteva scegliere un'unica via: sopravvivere a ogni costo. Più che dalla fame, dal fetore, dalla paura, dall'avidità e dalla commozione, le persone erano mosse dalla sete, perché tubature e acquedotti erano spaccati e inservibili; qualcuno andava in giro con bottiglie riempite di acqua di mare, ma principalmente ci abbeveravamo alle pozzanghere, immettendo nei nostri corpi l'acqua putrida delle latrine e delle fogne scoppiate, oppure quella di serbatoi saltati in aria, rivoli che avevano trascinato via i cadaveri delle nostre famiglie e i calcinacci delle nostre case.

A mano a mano che mi avvicinavo alla Marina incontravo marinai stranieri con le loro divise chiare, i berretti e i distintivi, gli stivali alti. Parlavano fra loro una lingua allarmata, ruvida di accenti ma scivolosa, veloce, che mi metteva un'allegria non voluta. Una ragazzina in camicia da notte grigia, le maniche larghe chiuse sui polsi, seguí uno di loro, alto e robusto e dalla faccia slavata, indicandogli una casa vicina, gridava e lo pregava in dialetto di andare a salvare il fratello, parlava ancora, poteva sentirlo sotto le rovine. Il soldato si fermò, chiamò un collega e insieme la seguirono; li seguii anch'io, un poco a distanza, per accertarmi che non accadesse niente di male a quella creatura dal viso angosciato, poi vidi la madre, su un cumulo di resti che doveva essere la tomba del figlio, cosí provata da non riuscire a guardare in faccia nessuno, e rimasi a sorvegliarle entrambe illudendomi di proteggerle.

Dopo una decina di minuti, i marinai tirarono fuori un piccolo piede, una piccola gamba, infine un bambino intero e vivo. La madre assisteva alla scena come se il figlio stesse venendo al mondo per la seconda volta, e a poco a poco che il corpicino usciva dalla cavità lei piangeva piú forte. I marinai dissero ancora qualcosa, la madre chiese di dov'erano e questa volta la capirono: Russia, Russia. Quindi tornarono a unirsi al gruppo, la donna li inseguí urlando ringraziamenti in dialetto, ma loro risposero solo *nicevò, nicevò*. Mi piacque il suono di quella parola: *nicevò*, la memorizzai riprendendo la mia strada, e mi avvicinai di nuovo a quel gran teatro che era stato la palazzata, con le sue porte di collegamento tra il mare e la città, le sue botteghe, le nostre case, le sedi degli uffici, il municipio, la Sanità marittima, la Società di navigazione. Sulle loro ceneri gli esseri umani si muovevano a branchi, le donne coperte da vestaglie e con grandi fardelli in testa, gli uomini trascinando sacchi e borse. C'era un'altra donna sola come me, una delle poche non vestite di nero, sui trent'anni, stretta in uno scaldacuo-

re verde chiaro. Quando le passai davanti mi chiamò, e mi
stupii che sapesse il mio nome.

– Sei la nipote della vedova Ruello, – si giustificò vedendomi sorpresa. – Tu e tua nonna vi somigliate molto –. E a
quella parola, «nonna», non potei non fermarmi.

Jutta era bavarese, si trovava a Messina per trascorrere
il capodanno, era in viaggio in Sicilia da qualche giorno e
per l'Europa da oltre un mese. Dieci anni prima, raccontò, lei e il marito vivevano in Italia, erano biologi marini,
studiavano i fondali e avevano fatto una ricerca sulla fau-
na e la flora dello Stretto. Il marito era morto di infarto
all'improvviso, in estate, e lei aveva avuto voglia di visitare tutti i luoghi dov'erano stati felici.

– Avete viaggiato sola? – chiesi ammirata da quell'intra-
prendenza, e Jutta rispose di no, era partita con un'amica
e una governante, ma non riusciva ad avere notizie di nessuna delle due. Le stanze del *Grand Hotel Trinacria* erano
venute giú, lei si era salvata perché il pilastro alla testa del
suo letto era rimasto saldo mentre il resto precipitava; però la schiena le faceva male ed era piena di lividi, non poteva camminare senza provare dolore. Le chiesi se avesse
mangiato, rispose che i marinai russi le avevano dato dello
stoccafisso disseccato, ce n'erano diversi barili al porto e
alla dogana, ma purtroppo quel cibo salato non aveva fatto
altro che aumentarle la sete. Le promisi che appena avessi trovato dell'acqua sarei tornata e l'avrei divisa con lei.

– Ero a teatro anch'io a vedere l'*Aida*, – continuò prima di salutarmi. – Che serata magica, e com'eravate bella,
avrei voluto conoscervi, ma sembravate triste e arrabbiata,
ho fatto appena in tempo a salutare vostra nonna –. Ancora quella parola agiva in me come una formula magica,
era tutto ciò che mi sarebbe rimasto di lei, la sua eredità,
il mio futuro: nonna. Ero curiosa di sapere del loro rap-

porto, ma per la gola secca non riuscivo a parlare, non potevo resistere un minuto di piú, avrei fatto qualsiasi cosa pur di avere un goccio d'acqua; una torpediniera italiana che di certo portava aiuti di fortuna aveva attraccato, e scappai a mettermi in fila. Ecco il re, ecco la regina, urlavano da un'altra parte. Io avevo troppa sete, però, quasi non stavo in piedi per l'arsura.

Mi preparai a supplicare i soldati, e grande fu la sorpresa quando vidi scendere un bambino di nemmeno dodici anni abbigliato di tutto punto. Nessun adulto lo seguiva, in mano non aveva niente e si guardava intorno come se fosse appena arrivato dalla Luna.

# La Morte

La nostra esperienza empirica della morte è quella della *scomparsa* dal piano fisico degli esseri viventi. Tale è l'esperienza esteriore prodotta dai nostri cinque sensi. Ma questa *scomparsa* non si limita a quel piano. Essa è anche sperimentata ad un altro piano, quello dell'esperienza interiore, della coscienza. Anche lí infatti le immagini e le rappresentazioni scompaiono proprio come accade agli esseri viventi nell'esperienza dei sensi. È ciò che noi chiamiamo «oblio».

La ragazza aveva sete.

Le sue guance erano scavate e i capelli formavano un grumo escrescente all'altezza della nuca, capelli pettinati poco e male. Tirò fuori una voce preistorica: – Su questa nave, avevate acqua?

Erano parole rauche e trascinate, per una domanda che portava in sé una cantilena ossessionante. Non era una domanda al passato, invadeva il presente e si insidiava nel futuro: acqua, acqua, acqua, la gola arsa della ragazza divampava moltiplicandosi nelle gole di tutti. Nicola pensò che il cibo c'era modo di procurarselo, seppure con difficoltà, ma per l'acqua era diverso e senza non sarebbe sopravvissuto nessuno.

– Allora, c'è acqua o no sulla tua nave?

Le scarpe bianche di lei erano nuove e inadeguate. Le punte si erano ricoperte di fango, un inverno oscuro si era depositato su quell'estate fuori stagione.

– Possiamo andare insieme a cercarne dell'altra, – rispose il bambino, indicando la città. Aveva appena messo piede sulla terra e non aveva molta voglia di risalire.

– Se ce ne fosse te l'avrei chiesta, secondo te?

La folla spingeva e i marinai cominciavano a scendere. Fu un attimo, e controtendenza, in un varco invisibile, la ragazza riuscí a sgattaiolare sulla torpediniera. Acqua, pensò Nicola, significa molte cose: quella salata del mare che aveva seppellito il mondo, quella stagnante del bacile della cantina di piazza San Filippo utile per sopravvivere, quella simile a un abbaglio che spingeva la ragazza a infilarsi in una nave sconosciuta.

Tra i soldati che scendevano a terra mancava il marinaio che gli aveva preso l'argenteria. Probabilmente si era attardato dentro e non sarebbe stato felice di trovare un'intrusa. Nicola decise di tornare indietro.

All'inizio non vide nessuno. Il sollievo aumentò vedendo lei, che si stava dissetando dalle botti di scorta. Acqua, acqua, acqua.

Un'ombra fredda si posò sulle spalle del bambino. Eccolo, l'uomo cui aveva consegnato gli argenti in cambio dell'incolumità.

– Io sono stato buono con te e tu mi ricambi facendo salire di nascosto tua zia?

La ragazza si spaventò. L'acqua tranguiata le era finita sulla mantella e sui capelli, spettinandoli e increspandoli ancora di piú, mentre gli occhi profondi e in allarme cercavano una via di fuga.

– È cosí che vi hanno insegnato a comportarvi? Come una ladra?

Il soldato avanzava.

– Forse dalle vostre parti si usa. A noi invece insegnano a rischiare la vita per salvarne altre. Morirò sotto uno dei vostri palazzi o bruciato da uno dei vostri incendi, e sarò morto per un popolo di ladri.

Si fermò. – Perché è chiaro che il Signore vi ha puniti. Non si sarebbe abbattuto su un popolo se quel popolo non se lo fosse meritato.

La ragazza captò un'intercapedine tra il corpo del marinaio e la porta, respirò per trattenere nei polmoni piú aria possibile, e prese la rincorsa; l'uomo però la immobilizzò piegandole le braccia dietro la schiena.

– Vi ho portato vostro nipote, l'ho traghettato sano e salvo e non mi avete nemmeno detto grazie.

La ragazza guardò Nicola, senza capire.

– Grazie, – supplicò provando a divincolarsi, ma il soldato le spinse una mano sul seno e lo strizzò, poi infilò l'altra sotto la gonna. La larga schiena di lui coprì l'intero corpo di lei, dando inizio a qualcosa per cui non esiste una parola. Lotta, scontro, combattimento sono termini che prevedono un affrontarsi tra pari, eppure non ci fu parità in quel che accadde. La ragazza provò a urlare, il marinaio si tolse il cappello e lo usò per tapparle la bocca, la spinse sul pavimento e cominciò a muoversi sopra di lei.

Tre lanciasiluri e quattro cannoni. Durante la traversata, Nicola aveva riflettuto che le armi della piccola e pesante torpediniera *Morgana* avrebbero potuto ucciderli tutti, messinesi e reggini. Quel pensiero gli serviva per tenerne a bada uno peggiore, sull'arma piú inquietante e pericolosa a bordo: lo sguardo di quel marinaio. Gli occhi piú simili a quelli di sua madre che avesse mai visto.

– Te ne sei stato lí a fissarci per imparare come si fa? – gli disse il soldato ridacchiando, mentre usciva. Nicola rimase impietrito, incapace di rispondere. La voce gli si era nascosta in fondo alla gola, sparita, dispersa.

La ragazza si era rialzata e aveva un'espressione vacua. Non sembrava piú su questa Terra. I capelli le si erano schiacciati sulla nuca. Gli passò accanto e se ne andò anche lei, senza dire una parola.

# La Papessa

È una *donna*, è *seduta*, porta una *tiara a tre piani*, un *velo* sospeso sopra la sua testa copre i piani intermedi che essa non vuole percepire e guarda un *libro aperto* sulle sue ginocchia.

Fuggii dalla torpediniera *Morgana* chiedendomi se esistesse un posto sulla Terra dove nascondermi per sempre. Di tutte le schegge che ancora ricascavano sulla mia città, la piú aguzza non l'avevo schivata, mi si era conficcata in un punto vicino al cuore che non sarei riuscita a ripulire da un'inestirpabile sporcizia.

Prima non ero mai salita su una nave, anche se non facevo che guardare i ferry-boat sognando di prenderne uno e scappare lontano. Invece, come vi avevo messo piede, ero stata risospinta indietro, giú, piú giú di quanto ritenessi possibile, ed era soltanto colpa mia, della mia arroganza, della convinzione di farcela da sola.

In confronto a quello che stavo vivendo, lo schianto che due notti prima mi aveva scaraventata per strada dalla finestra sembrava un soffio gentile. Allora mi ero incrinata gravemente, ora mi ero spaccata senza rimedio.

Annientata e zoppa, cercavo una strada per tornare a casa.

Sí, ma quale casa? Che luogo avrei chiamato tale, oramai? Di certo non avrei potuto fare ritorno alla casa di mio padre, ammesso che fosse rimasta in piedi e ammesso che lui fosse annoverato tra i sopravvissuti: impura e rotta, sarei stata definitivamente inservibile. Il matrimonio con l'uomo di cui non volevo pronunciare il cognome, sempre che fosse vivo, con la perdita della mia purezza decadeva dai suoi orizzonti, e se io non ero una dote cosa potevo essere? Niente di buono, nient'altro che una rogna. No, mio padre non avrei voluto rincontrarlo. Le notizie sui singoli paesi della costa giungevano lacunose e contraddittorie, in piú non avevo alcuna nostalgia di Scaletta Zanclea, con le sue porte malferme tra cui non ero stata felice. Senza mio padre, la vertigine di ritenermi sola mi aveva spinta a camminare libera e spavalda nella città in cui avevo perso tutto tranne il mio corpo, e fino a prima di salire sulla *Morgana* credevo che quel corpo fosse la mia fortuna, perché il terremoto lo aveva risparmiato e il mare non l'aveva ucciso. Mi sbagliavo.

La mia integrità era un abbaglio, il travestimento di un sopruso piú grande. Non ero invincibile e quel corpo non era mio, infatti se l'era preso chi aveva voluto, chi aveva potuto, appena aveva potuto. Il terremoto era stato una prova generale del mio sconquasso, ma la terra non è mai sazia, non può esserlo. Fino a quel momento avevo creduto che il mio destino fosse triste ma non inaffrontabile, mi ero salvata dalla morte per assistere alle morti degli altri, per essere sorpresa dall'orrore di cadaveri trascinati dai torrenti insieme alle fondamenta degli edifici, per vivere la tortura di sapere dov'era rimasta sepolta mia nonna senza possibilità di estrarla. Essere diventata invisibile era stata una scossa dolorosa e febbrile, aizzava dentro di me una sconosciuta consapevolezza, quella di essere sopravvissuta per testimoniare, forse addirittura per scrivere di ciò che era successo. Un compito alto, una sorte nobile, finché, puntuale, era arrivata la punizione: non ero morta perché a me toccava una fine lenta e lacerante.

Andai alla riviera Ringo e di fronte alla chiesa di Gesú e Maria del Buonviaggio trovai un angolo di spiaggia dove lavarmi. Cominciai strofinandomi i vestiti fino a inzuppare e bucare la mantella, poi passai a pulirmi con forza anche sotto la gonna, sulla pelle nuda. Infine, senza piú distinguere tra l'acqua delle lacrime e quella dello Stretto, senza togliermi nemmeno le scarpe, entrai in mare deside- rando di non uscirne.

Le statue della Madonna e di suo figlio alle mie spalle, nella facciata dell'edificio religioso, reggevano lampade a olio per far luce ai marinai in partenza per la pesca, ai viaggi, ai ritorni. La chiesa si era salvata dal sisma, le scul- ture anche. Si salvava sempre la cura che Dio aveva per i maschi, notai con odio, e perfino quella donna e madre santa non aveva protetto me, ma loro. Piansi di rabbia e sudiciume, infilai la testa sott'acqua e cercai di riempirmi i polmoni di liquido, sperai che la corrente mi portasse al largo. Se il mio mare era diventato un cimitero, io volevo diventare uno dei suoi cadaveri, una salma in un acqua- rio di salme, un fossile in un ossuario. Smisi di pensare.

Poco dopo, la mia schiena urtò contro un argine sab- bioso, aprii gli occhi piú con rabbia che con sorpresa. Non mi ero allontanata dalla costa. Ero rimasta insopportabil- mente viva: il mare non mi aveva voluta, non ero brava neppure a uccidermi.

Una mano mi afferrò la faccia, un'altra i capelli. Jutta mi trascinò sul bagnasciuga chiamandomi per nome.

Mi spogliò e mi asciugò con una coperta, ero nuda da- vanti a lei, avrebbe visto che non ero piú vergine né intat- ta. Ero nuda davanti a chiunque, spezzata senza possibilità di riparazione. Le urlai di lasciarmi in pace, volevo morire e nessuno me lo avrebbe impedito, ma lei mi trascinò an- cora finché la riva non smise di lambirmi i piedi e venne meno la forza di oppormi.

Cominciò a piovigginare. Un'acqua leggera e giallastra ci sporcava la pelle, i vestiti. Jutta mi invitò ad andare in- sieme in chiesa, dove ci saremmo rifugiate al sicuro.

– Qualcuno vi ha dato fastidio, vero? – domandò fissandomi. Feci no con la testa, feroce. Nessuno doveva sapere, neanche lei. Non rispose nulla e mi lanciò un mucchio di stoffa nera. Era un abito da lutto stretto, di manifattura scadente, usato molte volte. Se non sapevo morire, allora mi toccava vivere con la morte addosso. Indossai la vedovanza di un'estranea e il suo dolore usurato si sovrappose alla mia pelle.

La chiesa del Ringo era piena di sacchi e teli adibiti a giacigli. Cercammo un angolo nostro, ma c'era già troppa gente e il pavimento era così pieno che a malapena si poteva camminare, quindi proposi a Jutta di tornare insieme dalle monache di Santa Teresa che la notte precedente mi avevano ospitata. Aggiunsi che prima però avrebbe dovuto accompagnarmi in un posto, dovevo cercare una persona. Accettò, e ci avviammo. Zoppicava ancora visibilmente e all'altezza delle tibie i suoi vestiti erano ispessiti da sangue scuro e ormai vecchio.

Per strada le chiesi in che modo fosse riuscita a trovarmi. Mi aveva aspettata finché non aveva avuto un brutto presagio, una visione, come se una porta nera le fosse stata sbattuta davanti, allora si era messa a cercarmi alla Marina e, non vedendomi da nessuna parte, aveva cominciato a fermare sconosciuti a casaccio descrivendo com'ero fatta. Pochi le avevano dato retta, e quei pochi avevano scosso la testa, ma una donna, una sola, aveva risposto che mi conosceva e, sí, ero scesa da una torpediniera e mi ero incamminata verso il Ringo. Il presagio era cresciuto, Jutta aveva continuato a essere tormentata da immagini diaboliche e infuocate. Purtroppo, disse, per colpa dei dolori articolari non aveva potuto andare svelta come avrebbe desiderato e aveva temuto di non fare in tempo a salvarmi, anche se non sapeva da cosa.

Le afferrai il braccio, la strinsi forte. Nessuno, a parte lei e le monache, era stato gentile con me, nessuno si era preoccupato se fossi viva o morta, se avessi da mangiare e da vestire, un posto per la notte. Nessuno aveva voluto dividere un'indivisibile solitudine né lasciare che l'egoismo di sopravvivenza fosse attenuato dalla possibilità di farcela insieme.

– Grazie, – dissi a Jutta, commossa. L'ultima volta che avevo pronunciato quella parola l'avevo fatto per salvarmi, e non aveva funzionato. Adesso sulle mie labbra c'erano intenzione e verità, eppure non ero piú sicura che bastassero. Però accanto a me c'era Jutta, ed era già tantissimo.

– Per il bene che volevo a vostra nonna, non vi posso lasciare sola, – disse lei.

Procedevamo a braccetto sotto la pioggia, lei avviluppata in una delicata lana verde e io in uno spesso e logoro cotone nero. Vestita da vedova, la portai davanti all'ingresso del camposanto, e poi dentro, scoprendo che non era vuoto né integro come speravo. Tra tumuli sfranti e tombe sepolte da altre tombe, nemmeno i morti erano stati graziati dalla morte. Mi diressi spedita verso l'angolo in cui avevo sognato tante volte di andare mentre intorno a noi la gente piangeva e pregava sulle fosse dei cari. Non ero stata l'unica ad avere avuto l'idea di chiedere conforto ai fantasmi, ma eravamo tutti soli, ciascuno con i propri spettri. Jutta mi seguiva in silenzio, di tanto in tanto si fermava a osservare una lapide, a lanciare una benedizione. Tra le macerie del suo sepolcro distrutto, un'immagine di Letteria Montoro sporgeva: non ebbi bisogno di leggere il nome per riconoscere la donna che era stata cosí importante per me, cancellata come sempre sono cancellate le storie delle donne. Il suo libro, *Maria Landini*, l'avevo disperso, però un giorno l'avrei ritrovato e mi sarei ricongiunta con quelle

pagine preziose. Mi misi alla ricerca delle parole supersti-
ti, seduta a frugare tra i pezzi dell'epigrafe: «... oblio non
graverà sulle sue ceneri...», «... sacrificò cristianamente
la vita...» Eccolo, infine: «... donna di spiriti liberali...»
Strinsi il prezioso sintagma e lo intascai come se mi fosse
dovuto: il libro perso mi veniva restituito. Il marmo dove erano scritte quelle parole era mio, ed era giusto così.
Baciai la foto, scheggiata ma limpida, e dopo un attimo di
esitazione intascai pure quella.

– Bella donna, vostra madre, – disse solo allora Jutta.

E io non la smentii e risposi che sí, lo era.

# Il Matto

Un uomo in cammino con abiti da buffone, che porta una bisaccia e che si appoggia ad un bastone che non usa per difendersi dal cane che lo aggredisce.

Il silenzio odorava di metallo e terrore. Col fiato trattenuto, il corpo schiacciato dietro le botti, Nicola non mosse un arto. Aveva sentito dei passi, dopo che la ragazza era uscita, e aveva avuto paura che il marinaio fosse tornato per fargli quello che aveva fatto a lei. Se c'era una cosa in cui era bravo, il piú bravo di tutti, era restarsene immobile: lo aveva fatto per ogni notte della sua vita, con o senza le corde a fissarlo al letto. Ora il letto era diventato una parete verticale, il bisogno di non esistere per salvarsi la vita era rimasto lo stesso di sempre, una torpediniera aveva preso il posto della cantina e Maria non era morta, si era incarnata negli occhi demoniaci di un marinaio. Vincenzo, Maria: il diavolo maschio e il diavolo femmina nei tarocchi soggiogavano un terzo essere, metà maschio e metà femmina – oppure era lui a sottomettere loro? Vincenzo, Maria, il marinaio. Il trio sadico della carta voltata da Madame era completo.

Voci di uomini che ridevano, di soldati che urlavano. Dietro le botti, l'ombra di un bambino nascosto.

La torpediniera *Morgana* rumorosamente salpò.

Non è possibile, pensò Nicola, e scattò verso l'uscita, immaginando di tuffarsi e raggiungere a nuoto la terraferma. Aveva paura, non aveva mai smesso di avere paura.

Era andato fin lí per salvarsi, Messina era l'unico posto che conosceva, a parte Reggio, e adesso si allontanava di nuovo. Mentre correva sentí dei passi, ed ebbe ancora piú paura di essere scoperto, cercò un altro nascondiglio e, nel buio, si accorse di tremare. Con lui tremarono le botti e le pareti della nave, scosse dal motore. Dove sarebbe finito? Temeva di ritrovarsi in una città straniera, con persone dai dialetti incomprensibili e strade estranee. A Messina sapeva arrivare a piedi al duomo, conosceva i negozi, e l'accento degli abitanti non era diverso dal suo e da quello del padre. Il diavolo era risalito a bordo? E se vedendolo lo avesse ucciso? Se gli avesse fatto quello che aveva appena fatto alla ragazza di Messina?

Nicola respirava piano, cercava di trattenere il fiato in eccesso. Le voci si avvicinarono.

– Ne ho dovute calmare tre! – rise uno.

– Senza piú i mariti sono uscite pazze... – disse un secondo.

– Non aspettavano che il terremoto, per far venire fuori la loro vera natura.

– Qua sono tutte cosí.

– Mio cugino si faceva mandare apposta a Messina, per le donne tutte *buttane*.

Tra le voci dei soldati anche quella del diavolo, non piú l'unica, ma una fra le tante. Insieme, come si erano avvicinati, si allontanarono. Nicola rifiatò.

Quanto sarebbe durato il viaggio? Dov'erano diretti?

Per distrarsi, il bambino cominciò a contare.

Una volta arrivato a un milione avrebbero attraccato a Napoli, si disse. Cinquecentoquattro, cinque, sei. Attraccarono. Dov'erano arrivati in cosí poco tempo?

Contò ancora, sentendo il vocio scendere.

Quando fu sicuro di essere rimasto solo, si fece coraggio e sgusciò fuori. Di nuovo la banchina, il porto. La notte stellata, il mare calmo, un paesaggio distrutto e familiare.

Era tornato a Reggio Calabria.

# La Forza

Questo è l'Arcano della Forza. Che cosa ci insegna?
Con la sua stessa immagine ci dice: la Vergine doma il leone e
ci invita ad abbandonare il livello della *quantità*, poiché la Vergine è senza dubbio piú debole del leone per quanto riguarda
la *quantità* di forza fisica, e ad elevarci al livello della *qualità*,
poiché evidentemente lí si trova la superiorità della Vergine e
l'inferiorità del leone.

Per l'addio al 1908 nella città distrutta, le suore avevano preparato una cena con quel che potevano, pane e pesce secco ma anche dolci sconosciuti, provenienti da città siciliane in cui non ero mai stata. Avevano ricevuto una cucina di fortuna, che però sarebbe stata messa in funzione con l'anno nuovo, intanto ci arrangiavamo mischiando cibi già cotti. Ci raccontarono che a Catania e a Palermo sfilavano pomposi carri a raccogliere la beneficenza per i poveri sfollati di Messina. I donatori erano esageratamente generosi nel volere per sé stessi una coscienza pulita e per noi un palato meno misero.

Quella sera mangiammo crespelle di riso e la *cucuzzata*, una marmellata dolce preparata con la zucca verde e lunga. Ne assaggiai un cucchiaio, ma era andata a male: qualcuno ci aveva rifilato gli avanzi, approfittando del passaggio dei convogli della carità per svuotarsi la dispensa. La gelatina mi pizzicò la lingua, la saliva reagí con un sapore cosí acido che dovetti sputare tutto. Lo stomaco mi si chiuse e preferii restarmene da sola, le monache si sarebbero abituate alle malinconie furtive che spesso mi spingevano in un angolo, e non avrebbero provato a scalfire un silenzio confortevole per me e respingente per gli altri. Non mi avrebbero giudicata. Mi avevano chiesto della mia famiglia, avevo detto che erano morti tutti, e loro non avevano fatto ulteriori domande. Avevano accolto me e Jutta come sorelle nelle baracche approntate a mo' di replica del convento, e anche se non mi univo alle preghiere non mi escludevano dai riti. Da quando ero scesa dalla torpediniera *Morgana*, dio aveva perso la lettera maiuscola.

La mattina, aspettavo che le monache finissero di lavarsi per poterlo fare piú a lungo, senza la fretta di cedere il mio posto. Per tutto lo sporco che avevo addosso, un tempo normale non mi bastava. Mentre strofinavo le braccia e le gambe mi concedevo di piangere, rilasciando le lacrime trattenute, allora mi sentivo osservata da due occhi di bambino, due occhi che non sapevo riconoscere: mi fissavano immobili, con lunghe ciglia nere, e a poco a poco mi calmavano. Il pianto si esauriva e, svuotata, potevo tornare dalle sorelle.

In quei giorni, in città, c'erano il re Vittorio Emanuele III e la regina Elena, salpati da Napoli appena avevano saputo della nostra sfortuna. Erano scesi dalla regia imbarcazione tra applausi e fischi dei messinesi, e il sindaco si era messo in prima fila ad accoglierli.

– Almeno ha rinfacciato al sovrano che i soccorsi stranieri sono arrivati ben prima di quelli italiani, – commentò madre Fortunata, la superiora, difendendo il sindaco. Rosalba invece aveva un'idea diversa: – Veramente è stato il re a ricordargli che se n'è fuggito per quasi due giorni, abbandonandoci al nostro destino.

Ammiravo la capacità di Rosalba di dire sempre ciò che pensava, eppure non riuscivo a parteggiare nemmeno per lei. In entrambe le versioni non sentivo verità, soltanto il bisogno di santificare un uomo per infangarne un altro. I protagonisti di quella scena erano due maschi, in divisa e protetti da una carica istituzionale, proprio come il mari-

naio della *Morgana*: chi avesse torto e chi ragione non mi
interessava. Chi avesse recitato la parte dell'eroe e chi la
parte del nemico era un dettaglio secondario e reversibile.

– La migliore è la regina, che se n'è salita sulla *Campa-
nia*, dove hanno fatto un ospedale per i piú piccoli, – chiuse
suor Velia, pragmatica, e tutte furono d'accordo.

Io, pensando alla scena di una donna che prendeva da
sola una nave di uomini, non riuscii a dire nulla.

La sera mi misi a fissare un mucchio di giocattoli. In
città pervenivano continue donazioni per i bambini sopravvissuti al terremoto, molte delle quali transitavano
dalle suore, che le ridistribuivano. Ero ipnotizzata da
quei giochi. Mi spaventava la bambola con i capelli di
un biondo artificiale, mi intristiva il trenino che ripro-
duceva la locomotiva dell'ultimo mezzo che avevo preso
nella mia vecchia vita, la sera del 27 dicembre, quando
caparbiamente avevo lasciato Scaletta per venire a teatro a Messina. Quegli oggetti raccontavano un mondo a
me proibito, io ero cresciuta tra adulti che mi avevano
trattata alla pari, non ricordavo occasioni di svago con
coetanei, da piccola leggevo o studiavo, oppure impara-
vo a badare alla casa, perché cosí desiderava mio padre.
L'infanzia per me era un luogo lontano e impreciso, eppure negli ultimi due giorni un dettaglio insisteva a pre-
sentarsi, occhi dalle ciglia lunghe apparivano a sorpresa, e mi interrogavano in un buio nervoso e agitato. Mi
vegliavano oppure mi abbandonavano, non capivo, non
distinguevo i due verbi. Si trattava di un ricordo? Di un
sogno? L'epifania di quello sguardo mi dava pena e non
volevo sostarvi, ma lo sforzo di cancellarla mi stremava,
faticavo a tenere le palpebre aperte. Mi venne sonno ben
prima di una mezzanotte in cui, comunque, non avrei
avuto niente da festeggiare.

I sovrani erano ancora in città, e per tutto il giorno parlammo di Elena del Montenegro, ovunque magnificata come la regina piú buona della storia d'Italia. Dietro un linguaggio di finto rispetto, avvertii la disapprovazione delle consorelle: Elena aveva regalato orologi d'oro ai corpi militari che l'avevano guidata e protetta nei soccorsi, ed era talmente sconvolta dai destini degli orfani da aver deciso di fondare un'intera istituzione dedicata a loro. Il rimprovero taciuto era che non si fosse degnata di andare a trovarle, di sapere dalla loro viva voce quante e quali perdite avessero avuto, che aiuto concreto stavano già dando alla città. Tra lo spreco di gioielli, il riverbero di una morbosa compassione e l'alone di una cocciuta superbia, la regina cadde dal mio cuore. Ma la verità era un'altra: mi doleva pensare che tra quei marinai premiati potesse esserci quello della *Morgana*.

Mi rigirai sul mucchio di panni che mi faceva da letto, nella stessa stanza dove le monache mangiavano, ed emisi un sospiro che dovette somigliare a un lamento. Jutta lasciò la tavola e venne a carezzarmi i capelli. I suoi vestiti emanavano un odore agrumato, la donna cui erano appartenuti doveva essere stata un'affezionata del bergamotto Fera, le cui tracce sui tessuti restavano riconoscibili a lungo. Anche mia madre lo aveva usato, molto prima che diventasse famoso nel resto d'Italia.

– Profumate di bosco, – le dissi.

– Siete un cane da caccia, – rise lei, e si annusò le braccia alla ricerca di conferme. – Quando metto vestiti non miei penso sempre a chi li cerca e non li trova piú, – continuò, portandosi al naso un lembo della gonna. – I morti ci osservano. Ma ho piú paura che i vivi vengano a cercarci.

– I vivi sono tutti morti.

– Oggi mi hanno raccontato la storia di una moglie e un marito che si sono ricongiunti. Pensavano entrambi che l'altro fosse morto.

– È pieno di storie cosí.

– Non vi piacerebbe riabbracciare vostro padre?

– Se potessi scegliere, vorrei sentire la pelle di mia madre. Non la ricordo quasi piú.

Jutta mi accarezzò ancora i capelli, come faceva ogni volta che mi intuiva in preda a pensieri indomabili, e restò con me perché non fossi sola. Le voci si spensero, e rimase un ultimo rumore argentino di stoviglie sparecchiate.

Nel sonno mi agitai. Il corpo del marinaio era sopra di me, trasformato in quello di un pesce e poi di una capra, mi teneva ferma e mi fissava. Gli animali erano entrati nel mio utero e lo dilatavano fino allo spasimo. Mi svegliai sudata urlando e non riuscii ad alzarmi perché la stanza girava; oltre a Jutta, venne a calmarmi suor Rosalba.

Da allora, non trascorsi una notte senza incubi. Il mio buio si popolò di cincillà dai colori accesi e dalle ugole squillanti, cinghiali, balene deformi. Una volta, una mosca puntò la mia pancia e la sfondò, fui lanciata contro il fondo del giaciglio mentre mani di esseri giganti mi svitavano la testa dal collo. Suor Rosalba mi confessò che anche a lei era capitato, prima di entrare in convento, per questo i suoi genitori erano stati ben lieti di sbarazzarsi di quella figlia inquieta e inquietante che non li faceva dormire e li spaventava. Mi venne una gran paura di essere per le sorelle un fastidio in tempi difficili, per questo mi davo un gran da fare nel tenere in ordine il nostro accampamento, sistemavo i viveri, lavavo e stendevo i panni, cercavo di essere utile a donne intente a essere a loro volta utili al mondo. Abbandonai le camminate fino a dimenticarmi della città e mi annullai nel lavoro; se nello sguardo delle

monache leggevo assenso o approvazione mi sentivo ras-
sicurata, non mi avrebbero cacciata via. Rosalba mi portò il piú bel regalo che potessi desiderare, un libro, per
giunta scritto da una donna. Qualcuno aveva aggiunto *La
leggenda di Napoli* di Matilde Serao tra provviste e vestiti
nel pacco di beneficenza, lo nascosi fra i miei pochi averi
intimi insieme ai due frammenti della lapide di Letteria
Montoro e a un diamante che Jutta si era levata dal dito e
aveva voluto darmi a tutti i costi.

«Se ci perdessimo e doveste avere bisogno di aiuto, ven-
detelo», mi aveva detto.

«E se foste voi ad avere bisogno?» mi ero preoccupata.

«Io me la cavo», aveva chiuso lei.

Per le suore, Jutta era preziosa. Faceva loro da interprete nei dialoghi con i militari e i volontari stranieri, tra-
ducendo dal tedesco, dal francese, dall'inglese. Se ne stava sempre fuori, sulla soglia, mentre io non volevo vedere
nessuno, rintanata nell'accampamento dove le voci degli
uomini mi arrivavano ovattate.

Ogni tanto passavano alcune donne, con loro tolleravo
di parlare. Una sera suor Rosalba portò una signora francese che voleva conoscere le consorelle del monastero di
Santa Teresa, ormai famose per non aver abbandonato i
propri luoghi e per essere piú preoccupate di far bene agli
altri che a sé stesse. Anche lei era considerata preziosa su
entrambi i lati dello Stretto, perché riusciva a sentire la
presenza dei morti, e i soldati se la portavano dietro per
sapere dove scavare senza perdere tempo. Grazie a Madame, disse suor Rosalba, erano stati recuperati tanti corpi
ancora vivi.

– Su, raccontate la storia di Filippo, – la esortò con il
fremito di chi sa già di che avventura rocambolesca si tratta e aspetta di godersi le reazioni.

Madame riferí di un bambino salvato a otto giorni dai crolli. I militari volevano far esplodere una mina per eliminare i resti di un edificio pericolante, però prima, per scrupolo, l'avevano mandata a chiamare, volevano essere certi che lí sotto non ci fosse nessuno. Madame era andata, aveva interrogato l'aria e le travi dissestate con tutti e cinque i sensi, quindi aveva fermato l'operazione: sí, c'era qualcuno. I soldati avevano scavato nel punto da lei indicato, e io pensai che avevo visto quella scena, diretta non da una maga ma da una madre, eppure, in effetti, era incredibile che a sentire una presenza fosse una persona senza certezze su quella casa e senza nessun legame di sangue ad alimentarne l'ostinazione. La mia ammirazione per Madame salí, vestendosi di reverenza e timore. La francese disse che, una volta estratto, il bambino aveva raccontato di aver resistito tanto a lungo grazie alle arance donate dalle mani amorevoli della mamma, e di non aver avuto paura perché la sua voce continuava a cullarlo. Nessuno aveva avuto cuore di contraddirlo, ma la madre di Filippo era morta tre anni addietro, come avevano confermato gli abitanti di Scaletta Zanclea.

Sentendo il nome del mio paese provai una fitta.

– Siete stata a Scaletta, – sussultai. – Avete notizie di Giuseppe Ruello?

Madame mi fissò. – Il commerciante? È lui ad aver preso con sé Filippo, vuole adottarlo. Dice di aver sempre desiderato un erede maschio, però la moglie è morta poco dopo avergli dato la femmina. È venuto qui a Messina a cercare sua figlia e sua madre, ma sono morte entrambe. Perché mi chiedete proprio di lui?

Paura, sgomento, irrefrenabile voglia di nascondermi: la tempesta che si abbatté su di me a quelle parole fu violen-

ta e inattesa. E poi chissà perché mio padre aveva scelto
proprio quel bambino, cos'aveva di unico, perché l'aveva
colpito. Cercai di celare i miei sentimenti, combattuta tra
il desiderio di rivederlo e l'angoscia di perdere la libertà
che la solitudine mi dava e che non avevo mai avuto.

– Era un lontano cugino di mia nonna, – mentii.

Ebbi la sensazione che qualcuna tra le sorelle mi leg-
gesse in faccia la bugia, ma Jutta cambiò discorso e io ne
approfittai per prendere tempo.

Nonostante suor Rosalba insistesse sulla cristianità di
Madame, la donna non indossava crocifissi, non aveva
l'aspetto di una santa, e sorvolava su quanto riguardava
preghiere, miracoli e intercessioni divine. Le suore piú an-
ziane erano sospettose. Era una strega? Il conto dei salvati
era innegabile, come la dolcezza dei suoi modi e la sua uti-
lità, eppure, se Madame non avesse tirato fuori una bella
somma consegnandola alle mani della superiora, forse non
sarebbe stata invitata a fermarsi per la notte. Solo allora,
infatti, madre Fortunata accantonò una non troppo dissi-
mulata diffidenza.

Dopo mangiato venne fuori che tra le doti di Madame c'era la lettura dei tarocchi. I mormorii e le risatine
esplosero, prevedere il futuro non era concesso ai cri-
stiani. Madre Fortunata ricordò l'episodio biblico della
strega di Endor.

– Saul bandisce dal regno i negromanti e gli indovini, –
tuonò.

– Però chiede ai suoi ministri di trovare una chiromante
perché il Signore non risponde, – continuò suor Rosalba.

Seguí una discussione in cui la madre non tornò indietro ma, quando lei si congedò, suor Rosalba e altre si avvicinarono alla sensitiva, e Jutta le seguí.

– Amiche e sorelle, sono stanca, e devo conservare le energie per quanto c'è ancora da fare in queste terre, – esordí Madame, – ma voglio ricompensarvi per avermi accolta, e posso concedere una carta a una sola di voi. Se facessi di piú, mi comporterei da imbrogliona: non ho forze a sufficienza.

Ci chiese di non incrociare gambe e braccia, e di tenerci alla distanza di un metro. Poi tirò fuori il mazzo da un guanto di pelle bianca che aveva in tasca. In un silenzio totale e saturo di curiosità, osservammo Madame mentre mescolava le carte. Nessuna di noi osava fiatare. Fu lei a scegliere.

– Voi, – mi indicò sollevando il mento.

Non risposi. Il cuore mi batteva all'impazzata. Pensai di essere finita: la cartomante straniera voleva smascherarmi, aveva capito che ero la figlia viva di quel Ruello di Scaletta e mi avrebbe riportata da mio padre, avrebbe sparso in città la voce che non ero affatto morta. E che ero impura, spezzata. Volevo sottrarmi, ma lei fu piú veloce, tagliò il mazzo e mi mostrò la carta, nominandola senza bisogno di verificarla.

– L'Imperatrice.

Una bionda in tunica azzurra da regnante, adornata da gioielli d'oro e incoronata da un diadema, seduta sul trono, mi fissava con espressione compassionevole. Il suo sguardo era diretto a me e, insieme, a un altrove, come se lo scettro che con la mano sinistra si piantava nel ventre fosse una porta magica, il contatto con un universo a noi invisibile e a lei familiare. I drappi dietro la schiena per via delle increspature sfuggenti potevano confondersi con un paio d'ali, ma i piedi restavano ben saldi sul pavimento: all'Imperatrice appartenevano il cielo e la

Terra. Sullo scudo stretto nella mano destra era raffigu-
rato un leone. Mi stupii nel constatare che la belva non
mi spaventava.

Fu Jutta la prima a parlare. – Che vuol dire?

– Sarete madre, – rispose Madame, non a lei ma a me.

# Il Papa

La benedizione è piú di un semplice augurio formulato per gli altri; è piú di un'impronta magica del pensiero e della volontà personale su altri. Essa è la messa in opera della potenza divina che trascende il pensiero e la volontà individuali tanto di colui che benedice quanto di colui che viene benedetto. In altre parole, è un atto essenzialmente *sacerdotale*.

Quando non si sa dove andare, si torna sempre a casa. Se la casa non c'è piú, si torna lo stesso. Anche per le strade sfatte e stravolte di una notte ringhiosa, fuggendo dal porto Nicola avrebbe trovato a occhi chiusi la via che dalla Marina portava a piazza San Filippo; scavalcò ruderi che un tempo erano stati palazzi inventando nuove scorciatoie, accelerò quando c'era da scappare e si nascose a ogni pericolo percepito. Il buio era dolce, denso di insetti e fruscii, e presto il bambino imparò a distinguerli. A darle fiducia, la notte nella città smarginata poteva somigliare a un giaciglio.

Giunto in piazza, si fermò. A malapena della casa si distinguevano gli ultimi profili. La cantina invece era ancora al suo posto.

Nicola sollevò la botola. Poteva dormire fuori, sull'erba, o infilarsi dentro, come l'istinto gli suggeriva. E se ci avesse sorpreso un estraneo, un ospite indesiderato? A Reggio le case erano di tutti, ciascuno sceglieva per sé dove dormire, dove abitare. Ma chi avrebbe osato appropriarsi di un interrato gremito di presenze?

Se un altro essere umano avesse provato a usurpargli il letto, i demoni non gli avrebbero dato requie. Poteva parlarci solo lui, che li conosceva da sempre. E se il marinaio lo avesse cercato fino a lí, i mostri e i gatti della notte lo avrebbero protetto. Sí, ne era certo: i fantasmi erano la sua famiglia, nessun terremoto li aveva ammazzati.

Senza piú esitare scese le scale e, arrivato in fondo, cercò il catafalco per accucciarvisi sopra. Non era piú solo come prima: adesso Maria e Vincenzo non dormivano sopra la sua testa ma infossati vicino a lui, da qualche parte a ridosso delle pareti. Padre, madre, che ora siete nel mio sottoterra: riposate, io vi perdono, pregò nella sua mente entrando in un sonno senza incubi.

La mattina seguente cominciarono giorni opachi e uguali. Con la luce, Nicola usciva e si procurava da mangiare e da bere; il cibo era a portata di mano, bastava entrare nelle case piú fastose, e lui sapeva bene quali fossero, conosceva i cognomi dei ricchi, i loro indirizzi, conosceva le finestre e le porte. Dentro, era facile indovinare le cucine e riempirsi le tasche. Non andava mai due volte nello stesso appartamento, non lasciava tracce e trafugava soltanto cibo, nessuna lampada, niente argenteria né oggetti di valore. La prima casa in cui rubò fu quella di Dalila, l'amica di sua madre che stava per farlo uccidere; dal suo armadio prese una borsa e vi infilò lattine che poi non toccò: le scorte di quella donna velenosa potevano essere veleno anch'esse, comunque meglio stiparle sotto il catafalco per ogni emergenza.

Con il buio, Nicola tornava in cantina. La seconda notte tirò su per le scale una cassapanca e da allora, prima di addormentarsi, bloccava l'ingresso per asserragliarsi. Dormivano sodo, lui e i fantasmi. Maria e Vincenzo, ovunque fossero, finalmente tacevano.

Solo due persone gli apparivano di notte: la ragazza e il marinaio. Di lei Nicola rivedeva le gambe ossute sotto il corpo di lui, lo sguardo vitreo quando gli era passata accanto, come se il soldato, montandole addosso, le avesse mangiato l'anima. Di lui udiva la voce sprezzante, sarcastica, che gli aveva detto: ecco, impara come si fa. Allora si svegliava e giurava che un giorno, da grande, avrebbe rintracciato quell'uomo e l'avrebbe ucciso, cosí non avrebbe piú potuto fare del male a nessuno. Quel pensiero lo stremava, il sonno fuggiva e una pesante stanchezza lo avvolgeva, riprendeva i suoi giornalini per leggere ancora e ancora le avventure degli amati *Cadetti di Guascogna*.

A poco a poco, le strade di Reggio Calabria si affollarono di ragazzini, che elemosinavano attenzioni e carità. Un pomeriggio, con la borsa di Dalila colma di viveri rubati, si sentí chiamare forte per nome. Riconobbe in due mendicanti delle compagne di scuola, sorelle, una piú piccola e una poco piú grande di lui. Si calò il berretto di traverso e scappò. La mattina dopo stette piú attento a non farsi riconoscere da nessuno, sollevò il bavero della giacca e sistemò il cappello quasi sopra gli occhi. In realtà aveva cibo a sufficienza, ma uscire dalla cantina per qualche ora era il suo unico contatto con l'aria, un modo per assicurarsi che la città fosse ancora al suo posto, disastrata ma reale. Pioveva un'acqua gialla e tetra, l'atmosfera fangosa diventò irrespirabile e Nicola decise di rientrare. Svoltando i ruderi della sua vecchia casa trovò una sorpresa.

La minore delle sorelle che il giorno prima lo avevano chiamato sedeva a pochi metri dalla botola, sotto un platano. Indossava una veste grigia tenuta su con delle spille, non certo un abito da bambina.

– Nicola, non ti ricordi? Sono Emma Battista.

Nicola non rispose.

– Don Franco ci ha detto di cercare chi è rimasto senza mamma e papà. Anche i tuoi sono morti, vero?

Nicola fece segno di no e si guardò attorno in cerca di una via di fuga. Cosa volevano da lui?

– Don Franco ci dà da mangiare e dormiamo in chiesa tutti insieme. Tra poco arriva un prete mandato dal papa e ci porta in un rifugio. Non devi avere paura.

Nicola non voleva andare da nessuna parte, voleva restare in cantina.

– I bambini che non vengono li arrestano.

Mentre la compagna parlava, Nicola vedeva la sua faccia sgretolarsi, sostituita dalla faccia di prima. La Emma emaciata, livida, con i capelli sporchi, che gesticolava dentro un abito da nonna, faceva posto a una coetanea linda, vestita di tutto punto, dalla pelle chiara, paffuta, e l'espressione serena.

– Non ti devi vergognare. Anche i miei genitori sono morti e pure mio fratello. Siamo rimaste Camilla e io.

Nicola si stupí, non ricordava un bambino con loro, all'uscita di scuola.

– Si chiamava come te. Aveva due mesi, – Emma abbassò la testa trattenendo il pianto.

Non aveva smesso di piovere. I ricami dell'abito le si erano appiccicati al petto, dove la stoffa sbuffava in eccesso sul piccolo torace. Un gufo, un colombo o un pipistrello volteggiava sulle loro teste, Nicola non distinse di che uccello si trattava perché, per quanto tentasse di concentrarsi sul battito d'ali, non riusciva a sollevare gli occhi da terra. Voleva piangere anche lui, voleva abbracciare Emma, urlare che non era giusto niente di quello che era successo, ma la forza lo abbandonò, le gambe cedettero. Si accovacciò sul prato stringendosi le ginocchia, e si rannicchiò sperando che la terra li inghiottisse entrambi.

– Perché non parli? – chiese Emma, tirandogli la manica.

Nicola si rese conto in quel momento che non aveva piú parlato con nessuno da quando la ragazza era scesa dalla torpediniera. E anche prima, mentre l'uomo la aggredi-

va, non aveva detto nulla. Provò a rispondere a Emma.
La voce non uscí.

Si raggomitolò su di sé con ancora piú vigore.

– Andiamo, – lo esortò lei con dolcezza piú volte, mentre Nicola scalciava e la pioggia scemava.

Era davvero sicuro di voler restare da solo, chiuso in cantina, per sempre? Sentí qualcosa nel cuore cedere e crollare. Emma era cosí piccola, cosí piena di fiducia anche nel futuro. Non poteva lasciarla da sola, o le sarebbe successo qualcosa di brutto, come alla ragazza sulla *Morgana*.

– Andiamo, – ripeté la compagna, e alla fine lui la seguí.

Nella parrocchia di don Franco, Nicola trascorse poche notti. Emma portò, oltre a lui, altri tre ragazzi; Camilla, sette; altri ancora erano appena arrivati o già accampati da qualche settimana. In tutto erano ventidue. Ventidue orfani del terremoto, di cui il papa stava decidendo la sorte, cosí disse il prete. Pio X vi pensa sempre, ripeteva, e non ascoltate chi vi dice il contrario! Il papa prega ininterrottamente, non siete rimasti senza padre, è lui il vostro padre in Terra, come Dio lo è in cielo, pregate, pregate.

La carne delle lattine era dura e salata, ma a metà pomeriggio c'erano sempre ciambelle calde preparate da una signora che viveva vicino, e l'acqua non mancava mai. Nei giorni precedenti Nicola aveva imparato a bere dalle pozzanghere e dalle fontane in funzione, ma solo ora si dissetava sul serio, la gola tornava fresca e perfino la vista si rischiarava, come fosse stata obnubilata dalla secchezza. La prima notte alla parrocchia non riuscí a dormire, non aveva mai diviso il sonno con altri; la seconda, Emma si mise vicino a lui e sotto le coperte intrecciarono le gambe. La bambina puzzava di sudore e aveva il fiato acre, però il suo corpo era tiepido e rassicurante.

– Ti voglio bene, – gli disse, e Nicola le credette perché, anche se non si erano mai parlati prima del terremoto, era quello che provava anche lui, da quando si erano trovati faccia a faccia davanti alla botola.

Purtroppo, non riusciva a dirglielo. Sceso dalla torpediniera, non aveva piú aperto bocca.

– Stai tranquillo, Nicolino. Ci servono un'altra mamma e un altro papà: i nostri sono diventati angeli.

Due diavoli, pensò lui, non potevano diventare angeli.

– Reggio non esiste piú, – disse ancora Emma, ripetendo le parole dei grandi. Nicola non voleva sentirlo. Reggio esisteva, ammaccata ma viva, distrutta ma sempre uguale. Dove c'erano case ci sarebbero state caverne, dove c'erano strade avrebbero potuto costruire sentieri: sarebbe stato semplice sopravvivere. Ventidue bambini insieme erano un popolo intero, se tutti avessero voluto, se li avessero lasciati fare. Eppure, a parte Nicola, sembrava che chiunque non vedesse l'ora di avere un nuovo papà e una nuova mamma.

# L'Imperatrice

Il terzo Arcano dei Tarocchi, essendo l'Arcano della Magia sacra, è, per questo stesso fatto, l'Arcano della *generazione*. Poiché la generazione è un aspetto della Magia sacra. Se la Magia sacra è l'unione di due volontà – umana e divina – da cui scaturisce il miracolo, anche la generazione presume la volontà del generatore, del generante e del generato.

La notte in cui Madame tirò per me la carta dell'Imperatrice, a visitarmi non furono incubi ma un sogno pieno e candido, costellato da dettagli di meraviglia. Mi trovavo in un prato senza palazzi né case, i miei occhi si perdevano lungo una distesa verde e una voce infantile mi chiamava mamma. Quando tacque, sopraggiunse indagatoria quella di Jutta: allora, non è bello essere chiamata cosí? Pur non vedendola, sentivo che la mia amica mi era accanto, la sua presenza benefica alleggeriva il mio stupore. In effetti non è male, rispondevo, però vorrei sapere chi è, se è maschio o femmina. Jutta mi invitava a voltarmi e in mezzo al prato, alle mie spalle, un altissimo stelo terminava in un fiore bianco, a metà tra una camelia e un'orchidea. Era sua la voce: avevo un figlio fiore.

Mi svegliai turbata e mi convinsi che in futuro, se si fossero avverate le parole di Madame, diventare madre non sarebbe stato spaventoso. Negli ultimi giorni mi ero sorpresa a considerare che vivere accanto a un uomo non doveva essere per forza una tortura, e il pensiero andava sempre a Vittorio Trimarchi. Non avevo sue notizie, ma sapevo che il professor Gaetano Salvemini era rimasto sepolto sotto le macerie della casa in cui abitava in affitto a Messina assieme alla moglie, alla sorella e a cinque figli. E Vittorio? Da quando avevo scoperto che mio padre era

vivo non facevo ipotesi e non credevo piú ai presentimen-
ti, mi ero rassegnata ad attendere gli esiti di urti e incon-
tri con la realtà.

Qualche tempo dopo, stavo mettendo in ordine i pac-
chi della beneficenza, il mio fiato rallentò fino a ritrarsi.
Non riuscivo a respirare, l'aria intorno a me si nascondeva, sfuggiva. L'apnea mi costrinse a sedermi, rantolando
riuscii a chiamare Rosalba, che a sua volta corse ad avver-
tire Jutta. Le mie amiche decisero di darmi del bromuro,
temevano non fossi piú in me, ma io non volevo niente,
il mio corpo era chiuso, blindato, gridai per difendermi,
non si dovevano azzardare a darmi nulla. Mi calmai solo
per paura che qualcuno mi sentisse e mi portasse via. I
pazzi del terremoto, cosí erano additati quelli che non si
rassegnavano a tacere e subire, venivano rinchiusi nella
Villa di salute, l'ospedale per malati di mente creato dal
dottor Lorenzo Mandalari. Il medico era morto la notte
del 28 dicembre, la struttura, invece, era rimasta in piedi;
si diceva che molti pazienti fossero scappati approfittando della confusione, e nuovi ospiti erano stati internati
contro la loro volontà. Ogni volta che stavo per cedere
all'ansia e all'ira, pensavo che sarei stata denunciata e
portata lí, allora trattenevo le lacrime e le urla, soffocavo
la rabbia e ingoiavo il troppo; pure quella volta ricacciai
tutto indietro, per prima la mia paura.

Il fiato corto non se ne andava. Non ero piú svelta a si-
stemare il nostro accampamento, ogni tanto un polmone,
il cuore, lo stomaco mi risalivano in gola chiedendomi di
sputarli via, e io ricominciavo ad ansimare, mettendomi
in un angolo per non farmi vedere. Mentre pulivo non ero in
grado di parlare, se Jutta mi rivolgeva una domanda dovevo fermarmi e prendere respiro. Davo la colpa ai sentimenti negativi con cui convivevo, mi si era avvinghiato

addosso come un rampicante maligno il ricordo della violenza sulla *Morgana*. Al terremoto no, mi ero abituata, ci
eravamo abituati tutti.

Appena sveglia sentivo odori cattivi dalla cucina e per
l'intera giornata il cibo mi disgustava. Le suore mettevano in tavola carne e pesce, i bottegai riaprivano le attività, erano nate baracche sul viale San Martino che vende-
vano generi alimentari anche d'importazione: busecca,
storione, groviera, uova, e intanto dai soldati continuava
la distribuzione quotidiana della razione per gli sfollati,
centocinquanta grammi di pasta e, di rado, mezza scato-
letta di carne. Le dispense tornavano a colmarsi, ma io
non avevo fame.

Una mattina suor Velia, quella con piú intuito per la
spesa, si vantò di essersi accaparrata i pezzi migliori, e a
colazione preparò un gran piatto misto: bollito, fegato, filetto pregiato. L'odore del sangue secco di creature morte
oltrepassò i vestiti e si appiccicò alla pelle, mi sforzai di
reprimere la nausea, ma quando Rosalba mi riempí il piatto dovetti correre a vomitare.

– Lo sa, la nostra Barbara, che sta sputando roba da tre
lire al chilo? – si stizzí madre Fortunata. – Lo sa quanti
morti di fame vorrebbero essere al suo posto?

Jutta mi raggiunse con una pezza inzuppata nell'aceto,
me l'appoggiò sulla fronte e l'odore mi calmò.

– Siete incinta, – disse. – Vi spio da sempre, dal giorno dalla torpediniera, e ho sperato di sbagliarmi, ma ora
dobbiamo prendere una decisione.

Tanto fragore nelle mie orecchie, il colpo di un cannone.

– Come fate a esserne sicura? Non avete figli, non sapete niente di gravidanze.

– Qualche anno fa ho partorito un bambino nato morto. Per nove mesi me lo sono tenuto in pancia, lo so io

com'è, vi guardo e mi rivedo. Non vi preoccupate. A voi andrà in un altro modo, vostro figlio vivrà, se lo vorrete.

No, no, no. La testa diceva: non è vero. Il corpo diceva: sí, è cosí.

Vidi la mia fine e un pianto dispotico mi assalí. Tutti avrebbero saputo cosa avevo fatto con il marinaio, le suore non mi avrebbero creduta, non avrebbero creduto che io non volevo, e forse avevano ragione, non mi ero opposta abbastanza, l'avevo provocato, ero salita sulla nave da sola. Avevo paura di essere uccisa, ero stata complice – perché, perché non avevo preferito morire? Non ero una santa, ero una vigliacca, una donna da niente.

Finché non c'erano prove, mi ero illusa che nel futuro avrei potuto vivere come se non fosse mai accaduto: Messina sarebbe risorta, e con lei anch'io. Nelle ferite della città avrei nascosto le mie. Poi, avrei dimenticato quell'uomo e la torpediniera, sarebbe rimasto solo l'incubo di una ragazza turbata da un disastro.

Certo, un marito avrebbe dovuto accettare di prendermi già usata, ma a un uomo tipo Vittorio avrei aperto il cuore, mi sarei liberata, e insieme avremmo cancellato quel brutto sogno, forse non avremmo avuto figli o forse sí, sarei stata libera di andare all'università, quel banco promesso mi attendeva dal 27 dicembre, un banco tutto per me dove studiare ed elevarmi. Sulle mie spalle si sarebbe posato un ricco drappeggio, come quello dell'Imperatrice, e infine sarei stata padrona del mio mondo.

Sarete madre, aveva predetto Madame. La mia pancia era già piena e io non lo sapevo, non lo sapeva nessuno tranne la straniera che in un solo incontro mi aveva portato tre notizie: mio padre era vivo, avevo un fratello adottivo e una creatura invisibile cresceva dentro di me.

Jutta ripeteva di non preoccuparmi, ce l'avremmo fatta.

Le implorai di trovare una di quelle donne che mi avrebbero aiutata a tornare come prima, ero disposta a partire pur di sbrigare l'aborto, avevo sentito parlare del decotto di prezzemolo e delle lavande al sapone, la nonna mi aveva raccontato a cosa dovevano sottoporsi le ragazze imprudenti e non m'importava il rischio, non m'importava di morire, non avrei rifatto lo stesso errore di vigliaccheria, tanto, con quella colpa, che vita avrei avuto?

Jutta mi lasciò sfogare. Quindi, con delicatezza, parlò: – Barbara, – disse. – Barbara, Barbara –. Il mio nome sulle sue labbra era una culla, un calmante. – Barbara, – ripeté ancora, e poi, con il suo accento appuntito e il suo italiano perfetto: – Non è piú l'esistenza di prima, è un altro tempo. Qui non c'è nemmeno la speranza, al massimo ci sono i miracoli. Abbiamo intorno la morte, e voi avete dentro la vita.

Non so se fosse stata Jutta a convincermi, con i suoi occhi d'acqua nei miei tanto terrosi, o se le sue parole, con l'enfasi sulla parola «vita», si fossero limitate a incitare la follia nel seguire la creatura rannicchiata in me. Qualunque fosse l'origine, da quel momento non mi fu piú possibile ignorare la sua presenza. Iniziai a immaginarla.

Spingeva i piedi sullo stomaco fino a farmi vomitare, e si addormentava sul diaframma facendomi cominciare il singhiozzo o fermare il fiato.

Veniva a me dall'ultimo giorno del 1908 e sarebbe stata il primo di tutti i nuovi anni; era l'argine all'inferno e il salto nel vuoto, la scelta piú sbagliata e l'unico destino giusto.

# L'Eremita

L'Eremita non è immerso nella meditazione o nello studio né sta svolgendo un lavoro. *Cammina*. Ciò vuol dire che manifesta un *terzo* stato oltre quelli della contemplazione e dell'azione. In rapporto al binario «sapere-volere» o «contemplazione-azione» o ancora «testa-membra», egli rappresenta il termine di sintesi, cioè il *cuore*. È nel *cuore* che la contemplazione e l'azione sono unite, che il sapere diviene volere e che il volere diviene sapere. Il cuore non ha bisogno di dimenticare l'insieme contemplato per agire e non ha bisogno di sopprimere ogni azione per contemplare. È lui che è simultaneamente ed instancabilmente attivo e contemplativo. Cammina. *Cammina* giorno e notte, e noi udiamo i suoi passi giorno e notte.

Accanto alla poltrona dove Sabina sedeva a bere il suo liquore antinfluenzale, sempre accompagnato da un cioccolatino a forma di fiore, rosa o camelia, c'era un'antica borsa di paglia drappeggiata di stoffa azzurra nella quale accumulava numeri di una rivista che nella vecchia casa di Nicola non c'era: «La donna». Non somigliava a nessuno dei giornali comprati da Vincenzo, sembrava piú una versione per signore del «Giornalino della Domenica». Sabina, sfogliandola, si divertiva moltissimo.

Nicola rimase a osservarla sulla soglia del grande salone. Aveva la pelle chiara e liscia, occhi nerissimi e un seno enorme abbottonato dentro una camicetta in seta color borgogna. Dondolò i piedi, strofinò le scarpette con la fibbia l'una contro l'altra lasciandole cadere in terra, prese un secondo cioccolatino, alzò la testa e trovò Nicola che la fissava. Gli sorrise e fu come se a sorridere fosse il mondo intero.

– Che fai lí da solo, vieni qua, – lo esortò, accucciandosi su un lato della poltrona in velluto verde per fargli spazio.

Nicola non si mosse.

– Vieni dalla mamma. Vuoi leggermi qualcosa? So che sai leggere: ti ho visto sfogliare le riviste.

Da tre giorni i coniugi Crestani cercavano invano di far parlare quel bambino muto.

Quando don Franco aveva ordinato ai suoi ventidue orfani di vestirsi al meglio per andare da monsignor Emilio Cottafavi, il delegato pontificio inviato a Reggio Calabria per compiere la volontà di Pio X, Nicola aveva guardato Emma con aria interrogativa e lei, come sempre, aveva intuito quale fosse la domanda: era davvero quello, l'uomo del papa?

«Io mi ricordavo che si chiama don Orione, ma questo sarà uno più importante, – aveva detto lei, più smarrita che saputella. – Quello là ci doveva portare al suo rifugio di Cassano allo Ionio, questo dove ci porta non lo so», aveva aggiunto.

Erano andati all'incontro, e lí avevano trovato orfani di diverse parrocchie della città e della zona da Palmi a Gioia Tauro. Nicola non aveva mai visto tanti ragazzini tutti insieme, quando Vincenzo e Maria erano vivi lo avevano iscritto a una ristretta scuola privata nella quale maschi e femmine occupavano due ali distinte dell'istituto e si spiavano gli uni le altre solo all'uscita, dopo il suono della campanella. Nel piazzale del raduno, invece, i bambini sedevano vicino alle bambine, età e sessi si mescolavano in un gran brusio, chi si copriva il capo con un berretto ricavato allargando una cuffia da lattante, chi si tirava sulle ginocchia un cappotto due taglie più piccolo, chi nascondeva lividi e ammaccature sulle nocche o sugli zigomi, chi stringeva la mano a una sorella o a un amico, chi faceva lo sbruffone e parlava a voce troppo alta per fingere di non aver paura. Nicola di paura ne aveva tantissima. Si chiedeva se lasciare la sua cantina fosse la scelta giusta; era ancora in tempo per scappare e vivere da pirata o ladrone? Chissà chi dormiva, ora, sul suo catafalco. Chissà se i mostri erano rimasti sottoterra o si erano dissolti nella città assieme al fumo degli incendi dopo il terremoto. Chissà se qualcuno aveva recuperato i corpi di Vincenzo e Maria, che lui continuava a immaginare come diavoli con le corna, pure adesso che erano morti e sepolti.

La mano piccola di Emma gli strinse il gomito. Si era messa tra lui e Camilla, una via di mezzo tra un angelo custode e una guardia del corpo. Credetemi, diceva la sua postura, non c'è motivo di provare spavento. Chissà dove trovava tanto coraggio e tanta fiducia.

Quando la voce rauca del monsignore si levò, i ragazzi tacquero di colpo. Era un uomo corpulento dall'espressione accigliata, strizzava le palpebre dietro le lenti, sembrava che non ci vedesse bene.

«Le indicazioni del nostro amatissimo pontefice sono chiare, – esordí, e ancora: – la nostra Chiesa è grande, si prenderà cura di voi: i piccoli calabresi devono restare alla Calabria, i siciliani alla Sicilia, e ciascuno di voi ha il diritto di ricevere un'educazione cattolica. Nonostante ciò, – aggiunse, – nei giorni della rinascita molte famiglie d'Italia hanno espresso il desiderio di aiutare gli orfani di queste terre, e noi riteniamo che per voi sia giusto essere subito accolti dal calore di una casa, chi non desidera ritrovare il calore di quell'abbraccio che ha perso? Chi di voi non desidera una madre e un padre? A tante coppie che si amano, il Signore non ha mandato bambini, la sua volontà è imperscrutabile, tuttavia oggi ne comprendiamo i motivi: il loro destino non era partorire nuovi figli di Dio ma adottarne di già nati. Per chi ha fede e pazienza, – concluse, – arriva sempre il momento in cui il mistero della nostra sofferenza si fa chiaro: voi innocenti siete qui per compiere la volontà di Dio. Il Signore vi ha scelti per rendere felici alcuni adulti sofferenti, siete pronti per questo compito? Il Signore vi chiama».

A quelle parole Emma si illuminò, Camilla rimase impassibile e Nicola impallidí.

Il monsignore elencò le città che si erano rese disponibili ad accogliere gli orfani; erano tante, molte lontane e qualcuna Nicola non l'aveva mai sentita nominare.

«... e la caritatevolissima città di Biella, che potrà prendersi cura di duecento orfani».

Biella, strano nome di città, con una vocale di troppo a guastare un aggettivo conosciuto, chissà cos'era Biella, era bella? Con una risatina convulsa, Nicola si girò a guardare Emma e Camilla. Camilla si stirò le pieghe del vestito sulle ginocchia. Nicola strattonò Emma, che gli fece segno di tacere.

Poco dopo, a ogni bambino fu assegnata una destinazione. Quella di Emma e Camilla era Napoli. Nicola invece sarebbe andato a Biella.

Trascorsero la notte nello stesso letto, tutti e tre. Il fiato di Emma non era piú acre e i capelli di Camilla odoravano di latte. Le ragazzine russavano piano, Nicola non chiuse occhio.

Il giorno successivo – con un fagotto preparato da don Franco che conteneva un cambio di biancheria, un pacco di biscotti, due razioni di carne e tre bottiglie d'acqua – Nicola si chiese se fosse stato lui, con il potere del suo cervello, a chiamare proprio quella destinazione. Degli anni con Maria, gli anni delle notti legato al letto e dei diavoli che minacciavano di prenderlo, gli era rimasta la certezza di essere lui a controllare le cose: i pensieri non erano solo pensieri, la mente manipolava e originava i fatti, qualche volta

li fermava. Erano colpa sua la caduta delle stelle, la morte
dei suoi genitori, gli orologi fermi e i terremoti. Alla parola
«Biella» aveva riso, quindi Dio aveva voluto mandarlo là.

«Addio, Nicolino, scrivimi, – lo aveva salutato Emma
quando il treno si era fermato a Napoli. – Mi farò dare
da don Franco il tuo indirizzo, tu secondo me lí parlerai
di nuovo». Quasi piangeva scuotendolo, e lui niente, non
riusciva neppure ad aprire bocca, la guardava imbambola-
to, come se tutti e undici gli anni che aveva trascorso sulla
Terra gli fossero cascati addosso. Emma era scesa di corsa,
tirandosi dietro Camilla prima che il treno ripartisse. Era
la piú piccola ma anche la piú grande: se la sarebbe cavata
a Napoli, se la sarebbe cavata ovunque. Quanto a Nicola,
proseguiva il viaggio.

– Vieni dalla mamma, – ripeté indulgente Sabina, pog-
giando la rivista.

Il bambino continuava a fissarla.

A Biella ad attenderlo c'erano il sindaco, un fotografo
e un giornalista. Si era dovuto mettere in posa, perché il
quotidiano della città potesse glorificare la storia dell'arrivo degli orfani del terremoto. Poi erano andati al Comune, e in una stanza di funzionari i loro nomi erano stati
associati ad altri nomi.

«Fera, Nicola... – l'impiegato aveva alzato lo sguardo
dal registro, – tu vai a casa dei Crestani!»

Cosí una guardia lo aveva accompagnato a piedi fino a
una palazzina rosa dalle finestre in legno, circondata da
platani.

– Vieni a leggere qualcosa alla mamma.

La richiesta di Sabina si fece supplica. Le avevano detto che il bambino non parlava per via del trauma: non era

nato cosí, bisognava avere pazienza, dargli tempo. Sabina ne era convinta, ma a volte le veniva il dubbio di non essere abbastanza, di non essere una brava madre, chissà com'era stata la madre di Nicola, quella vera. Le scappò una smorfia sofferente e lui, notandola, si dispiacque. La pazienza, la dolcezza della donna non meritavano una ricompensa? Per tre giorni Nicola si era nascosto. La prima notte aveva dormito sotto il letto, la seconda dentro l'armadio; non rispondeva se lo chiamavano, scappava se provavano ad accarezzarlo. Aveva mangiato tutto quello che gli avevano messo in tavola, dalla pastina glutinata alla cacciagione, aveva strusciato le dita nel piatto e se le era leccate pur sapendo che non era un gesto educato. Voleva vedere se quei due che si erano presentati come la sua nuova mamma e il suo nuovo papà lo avrebbero amato davvero. Il cuore diceva sí, la paura diceva no, no, no. La testa diceva: ora mi cacciano, ora mi cacciano.

Nicola continuava a scrutarli.

Giuseppe aveva folti capelli grigi e la stessa montatura degli occhiali di monsignor Cottafavi. A differenza del monsignore, però, li levava e li toglieva spesso e non stringeva mai le palpebre, anzi le teneva spalancate. Sabina, piú che la moglie, sembrava la figlia; con voce allegra e squillante gli era corsa incontro fin sulla strada, ma Nicola si era ritratto. Sabina profumava di fiori freschi, cambiava due o tre camicette al giorno, tutte in seta e confezionate in Svizzera: Nicola lo sapeva perché aveva sbirciato le marche e gli indirizzi dei negozi sulle scatole da cui le tirava fuori.

La credenza del salone era piena di dolci per festeggiare il suo arrivo. Lui aveva preso le caramelle che piú gli piacevano, alla carruba, e se le era messe in tasca, sempre senza dire una parola. Sabina e Giuseppe si erano guardati preoccupati, però lo avevano lasciato fare. Chissà cos'ha

visto, povero piccolo, li aveva sentiti ripetere a turno, sot-
tovoce, quando pensavano di essere soli. Ma Nicola non
era mai davvero lontano, si nascondeva dietro una parete, dietro il sofà, per non essere né troppo visto né troppo dimenticato.

Sabina smise di insistere. Riprese a leggere rassegnata,
ma non rioccupò l'altra metà della poltrona. Gli occhi le
caddero su una réclame: «Avviso alle madri di famiglia!»
recitava, e poi decantava le lodi della Phosphatine Falières,
«è per i bambini l'alimento piú raccomandabile». Le sue
amiche, quando smettevano di allattare, si scambiavano
informazioni su prodotti del genere. Lei non avrebbe mai
avuto un neonato, ma adesso aveva un bambino, un figlio
tutto suo. Era solo questione di tempo, presto o tardi Nicola non si sarebbe piú nascosto per casa come un animale
selvatico e avrebbe ceduto a quell'amore che si prepara-
va per lui da molto tempo, dagli anni in cui lei e il marito avevano capito che la culla sarebbe rimasta vuota, ma
il loro cuore forse no. Quando aveva deciso di accogliere
uno degli orfani della tragedia, Giuseppe l'aveva avverti-
ta: «Non sarà il tuo figlio immaginario, sarà uno in carne
e ossa, e forse non ti piacerà».

Invece a Sabina Nicola era piaciuto subito, con i suoi
capelli troppo lunghi e l'aria stralunata e guardinga. Era
un bambino anomalo e stravolto, ma pur sempre un bambino. Forse era lei a non piacere a lui, ed era un sospetto
doloroso.

Attratta dalle foto di una ragazza con un cavallo, cominciò a leggere un articolo sulla vita di alcune america-
ne, le *cowgirls*. La affascinava la loro libertà, anche se lei
non avrebbe mai avuto il coraggio di mettersi quei vestiti
da uomo, di lasciarsi ritrarre senza trucco.

Era cosí, dunque, una madre? Niente da cui difendersi, nessuno per cui fingere; non una polveriera, ma una polvere magica che dissolveva gli obblighi e la finzione; un abbraccio rotondo e caldo. Con Sabina, Nicola non avrebbe avuto paura. Lei lo aspettava, non lo costringeva a nulla, neanche ad amarla, non interpretava i suoi pensieri, non si sostituiva a lui, non sosteneva l'opposto di ciò che Nicola desiderava davvero.

Nicola si avvicinò alla poltrona.

La pagina su cui era aperta la rivista mostrava una donna con un cappello da cowboy, sorridente e felice in un aspetto stravagante, fuori dall'ordinario. Non aveva mai visto una donna cosí. Gli venne una gran voglia di leggere la didascalia, anzi, di divorare tutto l'articolo. Si avvicinò un altro po'.

Sabina alzò la testa e gli fece un gran sorriso.

– Vieni, – ripeté. – Vieni qua a leggere con me –. Lo spazio accanto a lei era caldo, invitante. Dalla cesta dei giornali spuntò un gomitolo, ogni tanto Sabina posava le riviste e si metteva a sferruzzare. Un filo di lana azzurra. Avrebbe potuto legarlo, come faceva la sua vecchia madre: fu la visione di un attimo, e Nicola scappò via.

# Il Mago

Il primo Arcano – principio di base a tutti gli altri 21 Arcani Maggiori dei Tarocchi – è *quello del rapporto tra lo sforzo personale e la realtà spirituale.*

No, non avrei ingerito decotti né ficcato nel mio corpo saponi per abortire. Fui codarda per paura di morire io stessa, di finire come nelle storie di mammane e vittime dissanguate raccontate dalla nonna per tenermi alla larga da atti imprudenti, e fui coraggiosa per sconsideratezza, convinta che, se il mondo esortava i messinesi a rinascere, nessuno avrebbe potuto stigmatizzare una nascita vera. Con l'incoscienza dei sopravvissuti mi dissi che, se nessun uomo mi avesse voluta perché avevo partorito una creatura, allora pazienza, sarei rimasta sola: come avrei trovato il pane per me l'avrei trovato per due, a costo di rubarlo dalle dispense altrui. Di ingiustizie la vita me ne aveva rifilate abbastanza, era ora di restituirne qualcuna. La libertà che volevo, quella che il terremoto mi aveva dato, me l'avrebbe confermata il disonore: grazie alla macchia mio padre mi avrebbe definitivamente ripudiata e non avrei piú avuto catene. Con amarezza dovetti ammettere che aveva ragione lui: i desideri hanno un prezzo, mi ripeteva quando gli chiedevo qualcosa.

Domandai a Jutta di aiutarmi a rintracciare Madame. Mi addentravo in un futuro abissale e avevo bisogno di una guida, meritavo una lettura dei tarocchi: una seconda carta mi avrebbe svelato in che modo avrei potuto nutrire e difendere la creatura. Ero anche preoccupata di sapere se sarei sopravvissuta al parto, se il feto era sano, e se somigliava a me, perché non doveva avere niente di quel marinaio.

Una notte sognai che la *Morgana* salpava da Messina e veniva inghiottita da un cielo nero, mentre sulla costa si affacciava un sole tiepido, di rinascita. Se fosse stato un maschio, sarebbe stato schifoso come il padre? La domanda mi atterriva. Quell'uomo sarebbe mai tornato, mi avrebbe cercata? Il suo accento non era del Sud, non riuscivo a identificarlo di preciso, ma appena andato via dallo Stretto non avrebbe piú avuto motivi per venire di nuovo, a meno che qualche politico non avesse deciso di richiamarlo per ricoprirlo di onorificenze. Ormai la medaglietta del volontariato a Messina e Reggio era diventata uno strumento per mettersi in mostra e fare carriera, non mi sarei stupita se anche lui vi avesse ambito. Mi augurai che fosse morto sotto il crollo di un edificio, come lui stesso temeva. Avrei rivisto i suoi occhi in quelli di mio figlio? Ogni volta che pensavo al marinaio, si materializzavano due occhi dalle ciglia lunghe che mi fissavano. Ignorando a chi appartenessero, mi dicevo che erano del mio bambino, ma non ci credevo fino in fondo. In verità, ero certa di avere dentro una bambina, e l'idea mi calmava, mi toglieva ogni paura. Allora mi dissi cosí: sarà femmina pure se è maschio.

Finalmente, chiedendo e richiedendo nella città in cui io non mi avventuravo piú, Jutta riuscí ad avere notizie di Madame: niente da fare, era rientrata in Francia e, mentre il re d'Italia conferiva medaglie a ogni soldato, la memoria della cartomante sui luoghi del disastro era cancellata, la chiamavano strega e nessuno voleva piú parlare di lei. Era la sorte delle donne, mi addolorai. Quella notte sognai di

avere io il mazzo dei tarocchi, li mischiavo e li giravo, ma
non vedevo alcuna figura, le carte erano bianche e vuote,
inservibili. Me la sarei dovuta cavare da sola.

Non dissi alle suore della gravidanza. Qualcuna cominciava a trattarmi con fastidio, ritenendomi capricciosa e
superba perché rifiutavo il cibo e anzi me ne allontanavo, carne e pesce mi davano la nausea. Invece assaggiavo
volentieri gli alimenti di scarto o di contorno, tipo la *mi-*
*nestra sabbaggia*, la zuppa di erbe selvatiche condita con
un filo d'olio alla quale aggiungevo sale in abbondanza
perché smorzava il sapore metallico che avevo sempre in
bocca, e la saliva in eccesso che mi costringeva a sputare
di nascosto. Rosalba si fermava apposta per me a strappare
foglie di acetosella e borragine per strada, Jutta prepara-
va la pentola e madre Fortunata ci guardava storto perché riempivo due o tre volte il piatto e ignoravo il resto.

A febbraio il governo dichiarò concluso lo stato d'as-
sedio sullo Stretto. Pochi giorni dopo, Rosalba disse a
me e Jutta che la superiora le aveva convocate: l'ordine
le aveva assegnate a una destinazione, qualcuna sarebbe
rimasta in Sicilia, altre sarebbero partite per il continente. Finché si trattava di primo soccorso, era tollerabile
che un gruppo di monache vivesse all'addiaccio, ma era
ormai tempo di trovare per ciascuna di loro una soluzione decorosa e protetta. L'accampamento sarebbe stato
svuotato e io e Jutta saremmo state abbandonate alla nostra capacità di inventarci una vita.

Piú che dall'incertezza, fui presa dalla paura. Erano settimane che non mi allontanavo: con la scusa di fare la ser-
va dentro le nostre baracche, non vedevo altre anime che
le consorelle. Temevo la folla, temevo di camminare per
una città nuova, che avevo lasciato nella caligine e avrei
riscoperto deserta, temevo di non riconoscerla, temevo

di dover affrontare i ricordi tutti in una volta: gli anni di prima e i giorni del fuoco. Da qualsiasi lato lo guardassi, al futuro non ero pronta.

– Barbara, – riprese suor Rosalba, – mi dispiace separarmi da voi, ma è meglio cosí. Non tutte, qua, stanno prendendo bene il vostro peccato.

Le sorelle, dunque, mi avevano scoperta? E Rosalba, con cui non ne avevo mai parlato, come sapeva che ero incinta? Jutta, era stata per forza lei a tradirmi.

– Non me l'ha detto nessuno, – precisò Rosalba. – Barbara mia, che in quel corpo ci state in due si capisce, non perché siamo monache non conosciamo il mondo. Ne ho viste, di sorelle con la pancia piena, avete mai sentito di bambini nati in convento? E quanti non ne sono nati. A Jutta ho chiesto come aiutarvi, ma lei ha negato pure la vostra attesa, vi vuole bene, fidatevi. E non fidatevi di nessun'altra, le voci su di voi si fanno malevole.

Il mio segreto era l'argomento preferito dell'accampamento.

– Ho chiesto per voi una baracca al villaggio Regina Elena. Un tetto per una donna in gravidanza si trova, dovete andare subito dove la regina ha ordinato di costruire la chiesa, lí c'è un prete che sta distribuendo i nuovi alloggi, si è già segnato il vostro nome. Dovevo sceglierne uno io per voi, e visto che sto per andare in Calabria, vicino Cosenza, m'è venuto Barbara Cosentino. Cosí non vi riconoscerà nessuno, siete una persona diversa.

– Avete detto che sono incinta? – la vergogna per il mio stato fu piú forte dello stupore per una suora che cosí disinvoltamente mentiva.

– E che avete perso vostro marito nella sciagura. Non avete finito il terzo mese, no? Ho detto che Cosentino era il nome di vostro marito, non vi faranno ulteriori domande.

– Ma si sa che non sono sposata.

Rosalba rise. – Voi avete in testa la città di prima. L'anagrafe è stata distrutta, le famiglie non esistono piú. Nessuno conosce nessuno e se le persone si riconoscono fanno finta di niente, conviene a tutti. I delinquenti si sono presi i vestiti degli individui perbene e le case dei morti, i gentiluomini ridotti alla fame si sono fatti ladri, le donne di strada si sventolano con i ventagli eleganti che hanno rubato ai bauli delle signore, e le madri di famiglia si prostituiscono per dare da mangiare ai figli. A Messina non sei piú chi sei, ma chi vuoi e puoi.

– E se incontro mio padre?

– Avete un tesoro in pancia, sfruttatelo: le mogli dei morti hanno la precedenza su tutti, come le vedove di guerra. C'è posto pure per Jutta, dovrà aiutarvi a crescere questo povero bambino che ha perso il padre prima di nascere. Vostro padre non vi servirà.

Guardando Jutta capii che lei e Rosalba avevano già parlato di quella che era la soluzione migliore, l'unica, ma continuavo ad avere paura.

Il giorno dopo preparammo le borse, la mia era quasi vuota, ci misi dentro il libro di Matilde Serao che avevo letto cento volte, il frammento della scritta sulla lapide di Letteria Montoro e la sua foto scheggiata, piú un paio di cambi.

Suor Velia mi indicò un mucchio di vestiti. – Sono di taglia grande, vi saranno utili, – e io li presi e non abbassai gli occhi. Non mi vergognavo piú della creatura che mi salvava: darò la vita, voi cos'avete di altrettanto importante da oppormi, oltre al vostro disprezzo?

Madre Fortunata non venne a salutarci, ci fece riferire che era impegnata a sbrigare la corrispondenza e ci raccomandava di pregare molto e di non dimenticare mai di ringraziare Dio per la buona sorte che avevamo avuto. Di nuovo mi mancò il fiato, ma non era la creatura, bensí il terrore di tornare tra la gente.

Un'ultima occhiata al crocifisso appeso alla testa della mia branda, e anche quelle settimane furono alle spalle.

# Il Sole

L'Arcano «il Sole» è l'Arcano del fanciullo bagnato dalla luce del sole. Non si tratta di trovarvi l'occulto ad ogni costo, ma di vedervi cose ordinarie e semplici alla luce del sole e con lo sguardo del fanciullo.

Tutti i pomeriggi, Sabina sedeva sulla poltrona di velluto verde e tirava fuori dalla borsa in paglia una copia della sua rivista preferita, «La donna». Poco dopo, Nicola si affacciava al salone, lei alzava lo sguardo e lo invitava a farsi avanti con un cenno del mento, lui però non si sedeva mai con lei. A poco a poco, Sabina cominciò a comprare anche altre riviste, notiziari, bollettini, compreso il «Giornalino della Domenica». Nel vederlo, Nicola reagí con un sorriso e corse a strapparglielo dalle mani, cosí lei capí che era il suo preferito.

Avevano sempre qualcosa di nuovo da leggere; per diventare madre e figlio, Sabina e Nicola sfruttarono quel tacito appuntamento e lui iniziò a sedersi ai suoi piedi, ma sempre guardingo. Teneva d'occhio i gomitoli di lana nella cesta e i titoli dei giornali.

Un pomeriggio, tanta era la curiosità per un articolo sulle piú antiche e bizzarre pasticcerie piemontesi, che Nicola si era avvicinato piú del solito, fin quasi a sfiorare Sabina. Lei fingeva indifferenza, ma dentro fremeva, e spiava l'interesse del bambino. Quando si accorse che stava scemando, perché lui aveva letto tutto e finito di guardare anche le immagini, alla svelta girò pagina. Comparve una foto di Vittorio Emanuele III in piedi su un cumulo di rovine a Messina. Il titolo recitava: *Terremoto siculo-calabro: Fratelli, non vi abbiamo dimenticato*. Sabina sussultò, lo spazio accanto a lei finalmente fu riempito da un piccolo corpo caldo. Nicola le si era appollaiato addosso con gli occhi fissi a quella pagina. Il sovrano stendeva le braccia sulla città in un gesto che voleva essere di protezione, ma somigliava piú a un trionfatore che non a un uomo impressionato dal disastro.

– Mi dispiace, – si scusò Sabina, spaventata che l'articolo turbasse il bambino e lei potesse perdere quel contatto, e strinse Nicola forte a sé.

Lui avrebbe voluto allargare a dismisura i margini della foto, ampliarla fino a espandere l'obiettivo e vedere la città com'era diventata, come l'aveva immaginata quando stava per inoltrarsi nelle sue vie e poi era tornato indietro sulla torpediniera per proteggere la ragazza sconosciuta.

– Ci andavi spesso? – Sabina s'infilò in quella crepa, il passato di Nicola era un luogo fitto e oscuro, difeso da barricate senza varchi.

Lui pensò al ferragosto in cui era andato con Maria e Vincenzo alla processione della Vara, a come la madre aveva sgomitato per avere le corde sante, esultando sguaiatamente nell'accaparrarsele. Pensò alla traversata sul ferry-boat, Maria eccitata fremeva per rientrare a casa con il bottino in tasca mentre Vincenzo fumava affacciato al parapetto.

– Se non te la senti di parlarne non importa, hai visto che ti ho comprato anche l'ultimo «Giornalino»? – Sabina si affrettò a cambiare argomento, ma Nicola era rimasto lí, sullo Stretto.

Era nella città distrutta intravista scendendo dalla *Morgana*, aveva seguito la messinese con i capelli scuri e crespi accecata dalla sete. Chissà com'era continuata la sua vita, in che modo attraversava le giornate. Presto o tardi l'avrebbe rincontrata, e magari Sabina e Giuseppe avrebbero adottato pure lei.

– Senti, ti va di partire, di fare un viaggio noi tre? Ho
pensato a un posto stranissimo, il piú distante dai luoghi
dove sei nato, proprio l'opposto.

L'ultimo viaggio prima di Biella era stato quello di andata e ritorno da Reggio a Messina, fulmineo e terribile.
E l'ultima persona con cui aveva parlato era stata proprio
il marinaio che gli aveva chiesto l'argenteria. Mentre Nicola assisteva alla violenza sulla ragazza, tutto dentro di
lui urlava, ma non gli era uscito nemmeno un sussurro. Da
allora, la voce non era piú tornata.

– Che dici, partiamo? – insisté Sabina. Nicola annuí. Un
viaggio verso il futuro era quello che serviva, un viaggio
che cancellasse quelli passati, i tristi andirivieni sul ferry-
boat e la memoria nera di ricordi depositati controvoglia.
Afferrò il «Giornalino della Domenica» e si immerse dentro una nuova storia a puntate.

Prima della partenza, i tre Crestani andarono a Tori-
no a fare una spesa speciale: cappotti da neve, sciarpe e
vestaglie, pigiami pesantissimi, scorte di liquori e cioccolata. Tre cappelli foderati di pelo, uguali ma di dimensio-
ni e colori diversi: blu per Giuseppe, bianco per Sabina,
giallo per Nicola.

Taglie e misure di Nicola aumentavano, la carne tirava
le maniche delle giacche e le gambe dei pantaloni. I capelli
tenuti corti e ordinati ricrescevano in fretta, c'era sempre
bisogno di un'aggiustatina. Mentre andavano per negozi
sotto i portici, i genitori notarono un'insegna, «Barbiere
per signori», e decisero di lasciarvi il bambino.

– A che ora veniamo a riprenderlo? – chiese Giuseppe.
Sabina intanto aiutava Nicola a sistemarsi la mantellina
sulle spalle. Era la prima volta che si separavano, ma sarebbe stato un tempo breve, meno di mezz'ora.

Nello specchio dalla cornice dorata, Nicola fissò con attenzione il suo riflesso: le guance si erano riempite, il viso allungato. Aveva piú mento, piú orecchie. Era come se il vento del Nord avesse levigato la tensione dei suoi lineamenti nervosi. Lo sgabello su cui era seduto era alto, però Nicola con i piedi toccava terra: o i barbieri del Piemonte avevano misure diverse da quelli reggini, oppure lui era cresciuto.

Mentre le forbici gli sfioravano veloci il collo, la nuca, le orecchie, ripercorse i cambiamenti delle ultime settimane. La notte si addormentava con una madre, la mattina si svegliava con la colazione a letto portata da un padre, e trascorreva le giornate con un'istitutrice di lettere, una di matematica e una di pianoforte.

Sabina e Giuseppe lo avevano mandato a scuola, all'inizio, ma i bambini erano cattivi con lui, lo chiamavano «il calabrotto muto» e lo prendevano in giro. Nicola subiva in silenzio. Le insegnanti ne avevano parlato con i Crestani, che alla fine avevano deciso di mettere al riparo quel figlio già cosí provato.

«Sei mai stato a Milano?» gli aveva chiesto Sabina qualche giorno prima, e la risposta era stata no.

«E nella Valle d'Aosta? E in montagna? Hai mai sentito il rumore che fa un ghiacciaio di notte? O dormito in un rifugio?»

No, no, no. Nicola aveva scosso la testa. Sul passato, le risposte non variavano. Fino al dicembre 1908, Nicola non aveva fatto niente, a parte subire.

«Sei sicuro che ti va di andare in montagna?» aveva insistito Sabina, per accertarsi di non fare nulla contro la sua volontà, nulla che lo facesse sentire a disagio. L'accento della sua nuova madre era il contrario di quello di Maria:

uno scivolo tenero e accogliente, dove era facile accomodarsi e annuire.

Sul futuro, le risposte erano sempre sí, sí, sí. Il futuro bussava e insisteva, portandosi dietro tutti i colori del mondo.

Mentre il barbiere gli asciugava i capelli, Nicola allungò la mano verso una rivista, e sfogliandola s'imbatté di nuovo in un articolo sul terremoto, fitto di polemiche sulla ricostruzione dei giorni successivi. Bisognava chiamarlo terremoto o maremoto? Erano arrivate prima le navi russe o quelle inglesi? Quale tra i corpi armati era stato piú misericordioso e solerte nei soccorsi? Davvero il presidente del Consiglio Giolitti, saputo nelle prime ore del mattino della distruzione di Messina e Reggio Calabria, aveva reagito con stizza contro i meridionali che esageravano ogni cosa? Davvero una donna aveva partorito tra le macerie, le doglie accelerate dagli urti e dallo spavento? La carità della regina Elena era sincera, o il suo dolore era propaganda per coprire l'insensibilità del re? L'autore anonimo commentava la stessa foto di Vittorio Emanuele III che Nicola aveva già visto, scrivendo che le mani del sovrano erano state modificate in modo che facesse un gesto caritatevole, ma in realtà le teneva nelle tasche e non c'era da stupirsi, visto che il suo interesse erano i soldi. Nella pagina successiva, a riprova, si vedeva la foto originale: anche l'espressione sembrava piú dura, indifferente. Nicola non aveva mai letto niente del genere: si poteva parlare a quella maniera del re? L'articolo proseguiva dubitando dell'eroismo dei soldati, di qualsiasi nazionalità, e insinuando che violenze e ruberie fossero state coperte da una patina di medaglie.

Turbato, richiuse in fretta la rivista, con la sensazione di aver messo il naso in qualcosa di sbagliato e proibito. Sulla copertina, la parola «anarchia»: Nicola ricordò che durante un'omelia, a Reggio Calabria, il prete aveva detto che era un modo di manifestarsi del demonio.

– Ma quanto sei bello con questi capelli nuovi? – La voce squillante di Sabina e il rumore della porta a vetri che si apriva lo riportarono alla realtà.

# La Stella

La forza-luce che emana dalla stella è costituita dall'unione tra la contemplazione e l'attività, ed è l'antitesi della tesi: «niente di nuovo sotto il sole» – essa è la *speranza*. Essa proclama nel mondo: «Ciò che è stato è ciò che prepara ciò che sarà, ciò che si è fatto è ciò che prepara ciò che si farà, *c'è solo del nuovo* sotto il sole. Ogni giorno è un evento e una rivelazione unici che non si ripeteranno mai».

Mia cara Barbara,

è come se vi scrivessi dal futuro: ho appena lasciato le nostre terre terremotate e mi trovo a Cosenza, dove pure c'è stato un sisma, ma tre anni fa. Cioè, sto nella situazione in cui starete voi fra tre anni, ovvero: non cambierà niente.

Cammino per strada e mi sembra di essere ancora là con voi. Basta guardare cosa è successo qui per capire che i tempi di ricostruzione saranno parecchio diversi da quelli che vi annunciano. Molte botteghe non hanno piú riaperto. Alcuni paesi, come Aiello, vivono con il terrore di un costone di roccia che possa di nuovo distaccarsi e travolgerli. Chi ha perduto i propri cari e la propria casa non ha avuto un bel niente, né risarcimento né altro, nonostante si sia fatto un gran parlare, all'epoca, e una gran gara a chi era piú generoso con le sorelle e i fratelli calabresi. Vi ricorda qualcosa? Ma non voglio mettervi di cattivo umore. L'animo umano non cambia, però Dio con voi sarà misericordioso, lo so, lo sento, non potrà che essere cosí.

Io sto bene, in convento ho una stanza dignitosa, le sorelle mi chiamano «la terremotata» e mi viziano un po' troppo. Eppure mi mancano le nostre giornate, mi manca perfino l'accampamento, il nostro intenderci oltre le parole.

Datemi vostre notizie. Come state nel villaggio della regina? Jutta sta bene, le persone sono gentili con voi? Avete abbastanza da mangiare? Le nausee vi dànno tregua? Il bambino cresce? Quando possibile verrò a trovarvi, prometto.

Vi penso con tutto il mio affetto, baciate Jutta anche per me.

Sempre vostra,

Rosalba

Chiamare casa la baracca del villaggio Regina Elena assegnata a me e Jutta era eccessivo, ma le lettere di Rosalba erano refoli d'aria fresca e, in confronto a com'eravamo accampate dopo il disastro, il nuovo alloggio appariva piú che confortevole. La realtà però era un'altra.

Nonostante l'epica della rinascita insistesse su una sfilza di villette in stile moderno davanti alle quali eravamo invitati a metterci in posa per gli scatti ufficiali, le strutture erano insicure e precarie, piene di spifferi e amate da formiche e topi. La notte avevamo paura: le porte oscillavano sotto i colpi del vento e la sensazione di essere tollerate dalla comunità non corrispondeva a un concreto senso di protezione, l'apparenza del giorno si ribaltava in notti disperate. Due baracche piú in là della nostra un uomo aspettava il buio per ubriacarsi da sue misteriose riserve di liquore, lo sentivamo picchiare la moglie, sbattere i pugni e il bastone sulle pareti. Una mattina avevo cercato di parlare con la donna, ricevendo in risposta un ringhio e l'invito a farmi i fatti miei. Jutta, avvicinandola a messa, le aveva detto che da noi si sarebbe potuto ricavare spazio per lei e per il figlio; la risposta era arrivata in un dialetto talmente stretto e urlato che non c'erano dubbi fosse una maledizione. Non ci eravamo piú immischiate: il clima tra le baracche era di inscalfibile diffidenza. Tutte noi ci aggrappavamo al poco che avevamo, e un marito violento non era neppure il peggio che potesse capitare.

La mattina ci alzavamo presto, andavamo a reclamare la nostra razione di cibo, borbottavamo su dove finivano i soldi degli aiuti e sbuffavamo su quando sarebbero state pronte le baracche promesse, sia nel nostro che negli altri villaggi, nati grazie al denaro degli stranieri, cosí che Messina, un tempo gloriosa e capitana, prese l'odonomastica di un conglomerato di colonie: il villaggio svizzero, il villaggio americano, e poi il mio, il villaggio dell'immancabile sovrana Elena, una colonia anch'essa.

– Non volete andarvene da qui? – chiesi a Jutta in uno di quei pomeriggi di sole senza stagione, tipici della nostra terra. – Non volete riprendervi casa vostra?

Dopo mesi, la scusa di aspettare se l'amica e la governante fossero miracolosamente vive non reggeva piú. Sopra i detriti di ciò che era caduto si ricominciava a costruire, e se c'erano morti sotto le nuove fondamenta, pazienza: la città sarebbe rinata sui cadaveri.

– Mi sa che non avete capito. Non ce l'ho, una casa.

Misi da parte il libro di Matilde Serao che stavo rileggendo.

– Ho dei soldi, quello sí, in una banca, ed è per questo che sono qui. Non sono molti, ma possiamo viverci intanto che troviamo un lavoro.

– E la casa dove vivevate con vostro marito?

– Quando il bambino è nato morto, è morto pure il matrimonio. Non dormivamo piú insieme. Sapevo che aveva un'amante ma non sapevo chi fosse, né che avessero avuto due figlie. L'ho scoperto aprendo il testamento. Ecco perché aveva smesso di ripetere che non avere figli era stata la piú grande disgrazia della sua vita, perché li aveva avuti. Non ha sposato quell'altra per rispetto a me, però ha lasciato la casa alle figlie, per scusarsi di non essere stato presente. A me ha scritto una lettera in cui mi augurava ogni bene, tanto me la sarei cavata da sola.

– Ma è orribile!

– Uomini. Non sanno decidere, temono di fare danni e fanno peggio. Vivono in bilico e da morti lasciano disastri.

– Allora siete venuta in Sicilia per mettervi tutto alle spalle.

– E anche perché, un tempo, qui ero stata felice.

Eravamo fatte di carne, ossa e nervi. Eravamo fatte di noi stesse e nient'altro, tenute in vita da una creatura con un sangue diverso che si nutriva del mio e mi gonfiava il ventre; ogni mattina mi svegliavo piú grossa e riscuotevo maggiore rispetto e credibilità. Mi abituai a presentarmi come la vedova Cosentino, mi adagiai dentro quel nome larga e lunga, decisa a sfruttarne le possibilità e a usarlo come passaporto.

Le nausee non se andarono e la mattina Jutta mi massaggiava la schiena con un unguento per i dolori articolari. Piú di una volta mi spaventai vedendo sangue nelle feci, ma la mia amica mi tranquillizzava: è normale, ripeteva inclinando la testa di lato. Il prete mandò un medico a visitarmi, un uomo segaligno dall'aria torbida e cattiva e l'alito che sapeva di morte. Mi rimproverò per la povertà della mia dieta, guardò Jutta con ferocia e le ordinò di costringermi a mangiare carne almeno per tre pasti a settimana: lo volete far morire questo bambino, tuonò. E ancora: già nascerà tra le femmine, senza piatti di sostanza in che modo potrà diventare maschio?

Con i soldi della spesa dell'intera settimana, comprammo del filetto pregiato e tenerissimo. Chiesi a Jutta di cuocerlo bene, ma dopo pochi, forzati bocconi, il mio stomaco non lo trattenne e, risalendo, il filetto si portò con sé pure la colazione di qualche ora prima.

Non nominammo mai piú quel dottore e al prete raccontammo che la gravidanza procedeva a meraviglia grazie ai suoi consigli. Vomitavo di nascosto, dentro casa, soffocando i rumori per paura che mi sentissero.

Intanto i soldi restavano pochi, bisognava trovare lavoro. A Jutta la biologia non interessava piú, disse che avrebbe colto l'occasione per cambiare vita. In parrocchia due

donne del villaggio si erano inventate un corso di sartoria
per insegnare il mestiere a chi non ne aveva uno, alla prima lezione andammo entrambe ma io non ero brava, mi
tagliavo, mi pungevo, con la pancia faticavo a stare seduta senza incrociare le gambe sotto la gonna, Jutta mi ful-
minava con gli occhi. Sapevo cosa pensava, e lo pensavo
anch'io: a incrociarle si sarebbe attorcigliato il feto e il
bambino sarebbe nato deforme.

Al secondo incontro andai malvolentieri, mi chiedevo
cosa ci stessi a fare. Jutta invece era presissima, nemmeno si accorse quando, dopo appena mezz'ora, sgattaiolai
fuori a respirare un po' di libertà.

– Non avete voglia di fare proprio niente?

La voce del prete mi sorprese.

– Bisogna che imparate un mestiere. Non potete stare
cosí, con le mani in mano.

– Non mi piace cucire.

– Che cosa vi piace?

– Leggere, – risposi d'impulso, – ma non è un mestiere.

– E sapete scrivere, no?

– Non lo so. Non ho mai scritto. Non ancora... – risposi confusa.

– Avete compilato e firmato davanti a me i documenti
la mattina in cui vi ho dato la casa.

Scrivere non significava solo creare pagine di letteratura, significava principalmente buttar giú dei segni, non
essere analfabeta. Faticavo a slegare i due significati del
verbo, però aveva ragione lui.

– Sí, sí, certo.

– Venite con me.

L'unica volta in cui ero rimasta sola con un uomo era
stata sulla torpediniera, ma non potevo dire di no al prete
del villaggio, la persona che mi aveva dato una casa e alla

quale ogni giorno mentivo rispondendo quando mi chiamava signora Cosentino. Lo seguii fino a una baracca dove non abitava ancora nessuno, prima di entrare respirai forte e mi toccai la pancia. Non ti preoccupare, disse la voce della mia creatura da un punto imprecisato del mio corpo, le credetti e smisi di preoccuparmi.

– Qua possono stare fino a quaranta ragazzi. Ora, quaranta non li troveremo di sicuro, ne verranno al massimo quindici, venti, quelli che non si nascondono. Qualcuno non è mai andato a scuola. Qualcun altro saprà molte cose, non per forza di studio. Dopo che hanno visto il terremoto, i bambini sanno tutto.

Venti banchi ci fissavano, vuoti. Da dove venivano? Ormai da molto tempo non mi inoltravo nella città, quindi gli istituti erano stati svuotati per essere ricostruiti in posti diversi?

– Manca solo la maestra. Voi avete studiato, siete stata a scuola, signora Cosentino?

Ero stata istruita a casa, ma annuii.

– So che vi piacciono i libri. Si vede, e poco fa me lo avete confermato. La vostra amica mi pare saperne di scienza, anche se per ora è presa dal ricamo.

– Non ho mai tenuto un bambino, io… Non so niente di bambini.

– Dovete imparare.

– Quel dottore che mi avete mandato a casa non mi è piaciuto.

– Che vi ha fatto? – si allarmò il prete.

– Mi ha trattata male. Io so cosa devo fare, non ho bisogno di uno che venga a rimproverarmi.

– Mi dispiace. Pensavo potesse esservi utile. Ma certo, le donne fanno figli dalla notte dei tempi, la Vergine Maria ci insegna che li potete fare da sole, non avete nemme-

no bisogno di noi, – sorrise. Sorrisi di rimando. – Anche
se questo non piacerebbe ai miei colleghi. Sapete qual è la
verità? Nella vostra condizione ci vorrebbe una dottores-
sa, una che abbia studiato medicina, a Catania ne conosco
qualcuna, ma qua è piú difficile. Già è stato difficile repe-
rirne uno maschio. I medici scappano da Messina. Finché
c'erano i feriti dell'emergenza era un conto, adesso però
non ci sono né i soldi né la gloria.

– Trovatemi una levatrice, quella mi servirà.

– E voi verrete a insegnare ai ragazzi?

Non sapevo cosa rispondere. Nella mia famiglia le donne non avevano mai lavorato, la mia bisnonna ricamatrice non si faceva pagare in denaro: avere un mestiere era
disdicevole, la passione era tollerata sotto forma di passa-
tempo. Pensai a lei, 'a maestra: in quel preciso momento
Jutta stava imparando la sua arte, io invece le avrei rubato
il soprannome. In due ne avremmo onorato la memoria,
completandoci a vicenda.

– Quando volete che cominci?

– Domani mattina alle otto i bambini saranno qua, a
carta e inchiostro ci penso io, ai libri pure. Ditemi se vi
serve qualcosa, ma tanto ci sarò io. Vi pagherò con i soldi
del patronato.

– Potrei non essere brava a insegnare.

– Avete un figlio in pancia, ve la state cavando da sola
e mi fido di come sorridete. Non ho bisogno d'altro.

Il sole, fuori dalla baracca 19, era piú forte che in tutte
le primavere della mia vita.

# Il Giudizio

Il giudizio universale sarà essenzialmente l'esperienza per l'umanità della coscienza risvegliata e della completa memoria restaurata.

La vettura con la famiglia Crestani a bordo saliva, si inerpicava e incedeva nella neve. Nicola si sporse dal finestrino per osservare la coltre bianca e sfavillante che fino ad allora aveva visto solo nei disegni esotici di qualche rivista di viaggi ed esplorazioni. Le vette acuminate infilzavano il cielo, le nuvole si avvicinavano e il bambino, avvolto nel calore di un soprabito spesso, coperto da un cappello calato fin sulle orecchie, i piedi al sicuro dentro scarpe imbottite, provò l'ebbrezza di un dettaglio freddo sul corpo caldo, un fiocco di ghiaccio sulla punta del naso. Le guance arrossirono al pizzicore dell'aria montagna.

– Lo chalet è vicino, – gli disse Sabina con una carezza che era anche un modo per tirarlo indietro, un gesto d'amore che dissimulava la preoccupazione che lui sporgendosi perdesse l'equilibrio. Chalet, rifugio: le parole che avevano inondato la fantasia di Nicola presero contorni reali. Il marrone delle case, le nuvole lattiginose, il bianco dei ghiacciai: ogni colore gli ricordò quanto nera fosse stata la vita a Reggio.

Eppure, sullo Stretto Nicola aveva visto arcobaleni dopo la pioggia, si era scansato dalla luce gialla delle primavere, aveva vagato nello scintillio delle improvvise schiarite d'inverno, quando l'aria era fredda – non fredda come in Valle d'Aosta – e il cielo sgombro. Nel cielo di Reggio Calabria il sole poteva sdraiarsi comodamente per intero, mentre in quello delle valli c'erano troppe curve montuose a interrompere gli orizzonti.

Dopo l'ultima svolta, la vettura si fermò.

Lo chalet aveva il tetto all'ingiú e le tegole di legno, poche finestre dalle grate bianche. Nicola ebbe un sussulto: era uguale alle casette del villaggio svizzero nato a Messina dopo il terremoto. Ne aveva visto le foto in un articolo, ormai se li andava a cercare con una curiosità crescente, incentrata sempre sulla stessa domanda: dove abitava la ragazza della *Morgana*? Ogni fotografia era un tassello, ogni descrizione un indizio. La sera, prima di addormentarsi, la immaginava camminare per Messina, chiudersi alle spalle la porta di casa, e la casa una volta era una baracca del villaggio americano, vicino agli uffici e alle banche, un'altra stava in mezzo al Regina Elena, voluto dalla sovrana. Da quando si era messo a cercare notizie di Messina e Reggio, della ricostruzione sapeva tutto. Adesso gli venne naturale pensarla in uno chalet del villaggio svizzero, fatto di casette forestiere a guisa di quelle in cui i donatori vivevano nella loro patria.

La Valle d'Aosta, scoprí Nicola, scendendo dalla vettura che li aveva portati fin lí, somigliava alla Svizzera, e poiché voleva presumere per sé e per la ragazza una sorte parallela, non poteva che vederla entrare in una casa uguale alla sua, in quel preciso momento. E se non fosse stato cosí? Chissà dove finivano le visioni e gli auspici andati a male, se si avariavano nel tempo come una stesa di tarocchi non riuscita, come una carta sbagliata di Madame. Anche Madame, che fine aveva fatto? Nicola non sapeva cosa augurarsi per lei. Collezionando articoli sull'apocalisse dello Stretto, aveva scoperto molti fatti interessanti sui maghi e gli indovini: a quanto pareva, nelle settimane precedenti il 28 dicembre c'erano stati

segnali inequivocabili. Una signora era entrata al tribu-
nale di Messina, fuori di sé perché il figlio era stato con-
dannato, e aveva urlato che sarebbe venuto un terremoto «con gli occhi», che avrebbe visto, identificandoli, i
colpevoli e i cattivi che lo meritavano, e avrebbe mirato
solo a loro, per salvare invece i buoni. L'arcivescovo di
Reggio Calabria era morto poco prima lasciando scritto
che per fortuna non avrebbe assistito alla sciagura della
città. Dopo il disastro, quasi tutti avevano una premo-
nizione, un presagio da raccontare ai giornalisti, che si
trattasse di un avviso venuto dal corpo della beata Eusto-
chia a Messina o di uno scioglilingua malauguratamente
comparso proprio sul numero di una rivista – ma allora,
continuava a chiedersi Nicola, quanto erano stati ciechi
coloro che invece non avevano sospettato niente? Quelli
che non avevano visto un'increspatura anomala nel mare né si erano accorti dell'atmosfera cupa, dell'aria color ocra «tipica dei terremoti»? Quelli come lui, troppo
impegnati a difendersi e a salvarsi la vita già quotidiana-
mente per avere il tempo e l'accortezza di fantasticare
su altri fronti, su altri pericoli.

– Nicola, ora però entriamo, fa troppo freddo, – lo chiamò Giuseppe, con una punta di esasperazione a macchia-
re la gentilezza.
Lo aveva aspettato mentre era assorto nei suoi pensieri, davanti allo chalet, sempre attento a non forzarlo, a
rispettarne le continue stranezze. Nicola si ripromise di
diventare un figlio migliore per quel padre che gelava là
fuori, che gli aveva portato dentro le valige e che nel rim-
proverarlo sembrava piú rimproverare sé stesso per non
poter fare altrimenti.

– Non hai mai ascoltato niente di simile al mondo, niente è come il rumore del ghiacciaio, – disse Sabina rimboccando le coperte di Nicola.

«I pezzi di ghiaccio si crepano e si staccano durante la notte, e quel suono è elegiaco e mostruoso, non somiglia a nessun verso di essere vivente, – aveva raccontato Giuseppe un pomeriggio. – Ci sono stato per la prima volta da bambino, insieme ai miei genitori, e adesso tocca a me portarci mio figlio», aveva aggiunto, e a Nicola era sembrato che gli occhi gli si inumidissero.

Com'era, quindi, questo ghiacciaio? Non bisognava dormire a nessun costo, oppure si rischiava di non udire nulla. Nicola provò a rimanere sveglio finché poté, ma il viaggio era stato sfiancante, non si sentiva piú le gambe per quanto era rimasto seduto e il sonno ebbe presto la meglio sui suoi desideri elettrizzati.

Sognò i gatti che lo perseguitavano quando era a Reggio Calabria, gli stessi due dell'ultima notte, quello sanguinario e quello ferito, ma erano diventati entrambi buoni, ammansiti. Lo guardavano senza miagolare, gli venne voglia di toccarli. Poi, il sonno fu interrotto da una serie di vibrazioni leggere, venivano da qualcosa che scoppiettava, un rumore di bolle che qualcuno pungeva con uno stecchino. A seguire, scricchiolii, rimbombi, valanghe sonore in discesa dalle valli spezzavano a intermittenza il silenzio.

Eccolo, il ghiacciaio. Sí, era maestoso e tremante insieme, Nicola si prese un grande spavento, si alzò di colpo e schizzò verso il letto dei suoi genitori.

Sabina e Giuseppe lo accolsero come se lo stessero aspettando. Al calduccio, in mezzo a loro, Nicola pensò che non aveva mai potuto reagire alla notte fuggendo, quando i suoi polsi erano legati da corde e il suo giaciglio era un catafalco sprofondato in una cantina lontana. Adesso, però, non c'erano legacci né tagli sulla pelle, nulla gli impediva di chiedere aiuto e urlare la sua paura, poteva mostrarsi fragile senza essere punito, ignorato o deriso.

Sabina respirava piano, Nicola le si strinse contro. Prima di riaddormentarsi chiese a Dio di non dargli niente piú di quanto non aveva già, quell'amore sarebbe bastato per sempre. Solo, per favore, aggiunse, di non far piú venire nessun terremoto. Al massimo uno «con gli occhi», che avrebbe continuato a sterminare i cattivi e avrebbe salvato loro tre.

La mattina dopo, Nicola si svegliò con un vassoio sul letto. Un piatto con una fetta di torta, frittelle di mele, sciroppo alla frutta. Un bicchiere di acqua calda. Una tazza che scoperchiò subito, ansioso di scoprire cosa nascondesse di buono. L'aroma, il colore e la consistenza erano inequivocabili: cioccolata calda. La stessa del caffè Spinelli, della stanza impregnata di fumo, spezie e dell'odore del bergamotto Fera che le donne di Reggio Calabria si spruzzavano sui cappotti, dando a Nicola l'impressione che tutte se ne andassero in giro con la sua famiglia appiccicata addosso. La cioccolata calda dei pomeriggi d'inverno, rare oasi di serenità, mentre Maria si distraeva e lui poteva godersi in pace qualcosa che gli piaceva davvero. Accanto, l'ultimo numero del «Giornalino della Domenica». Nicola lo aprí, pronto ad abbandonarsi a una confortevole felicità, e si mise a leggere la nuova puntata dei *Cadetti di Guascogna*, quindi passò a un articolo sulle feste di Pasqua. Vi si elencavano i dolci tipici di ogni parte d'Italia, e subito Nicola cercò la Calabria, trovando la ricetta dei *cudduraci*, frolle a forma di ciambelle con incastonate due o tre uova sode. Vincenzo le ordinava tutti gli anni per la colazione della domenica. A Nicola piaceva staccare le uova e mangiarle subito, e poi raschiare via i pezzi di guscio dal biscotto e addentare pure quello. Girò ancora pagina. *Gli eroi che hanno salvato i bambini del terremoto*, recitava il titolo di un servizio fotografico. Gli tremarono le mani e un urto gli investí il cuore. C'erano sei foto di marinai, sei primi piani, dodici occhi, sei cappelli. Il quarto era lui, l'uomo della *Morgana*.

Sabina entrò e vide il figlio in lacrime.

– Non volevo che venire qui ti facesse questo effetto, – si agitò, ma Nicola non smetteva. – È colpa mia, mi dispiace –. Sabina vide il «Giornalino» aperto sull'articolo degli eroi del terremoto, lo chiuse bruscamente e lo lanciò lontano. – Devo stare piú attenta a quello che leggi, – cominciò a piangere anche lei.

Nicola si fermò. No, fece con la testa. Doveva dirle che lei non c'entrava.

– È colpa mia, non so fare la madre, – singhiozzava.

No, no, no, fece invano Nicola con il capo, senza riuscire a consolarla.

– Non voglio che il diavolo venga a prendermi!

Sabina si bloccò, attonita. Era quella, dunque, la voce del figlio? La voce antica e potente di una creatura che ha attraversato mille epoche e cento vite le risuonò nelle orecchie, e nel petto.

– Non verrà nessun diavolo, – cercò di tranquillizzarlo.

– Via dalla nave, via dalla nave!

– Amore, siamo in montagna, non c'è nessun mare qui.

Sabina si avvicinò a Nicola per abbracciarlo, ma urtò il vassoio con la colazione, che cadde giú dal letto. La tazza con la cioccolata si ruppe, e Nicola si voltò di scatto a guardare i pezzi sul pavimento.

– Non importa. Ci pensiamo dopo, – lo tranquillizzò
Sabina.

– Ci pensiamo dopo, – ripeté Nicola, stupito. Il tono
adesso era quello di un bambino. Il vetro della finestra era
appannato dall'aria calda della stufa e dalla neve.

Fu cosí, all'ombra del ghiacciaio, che Sabina ascoltò da
suo figlio il racconto di cos'aveva visto sulla torpediniera.
Ascoltò con una fitta di dolore per il segreto che si era portato dentro, e se la prese con sé stessa: come aveva potuto
concentrarsi esclusivamente sul terremoto, senza soffer-
marsi sui giorni di solitudine che ne erano seguiti? Un ragazzino di undici anni, d'un tratto da solo nel mondo. Un
mondo di uomini da cui nessuno lo aveva messo in guardia.

– Povera ragazza, – mormorò. E ancora: – Vedrai che
se l'è cavata, noi donne siamo forti, tu adesso non pensarci, non pensarci piú.

Nicola si abbandonò tra le sue braccia e a poco a poco
tutto si allontanò, mentre Sabina gli baciava i capelli, la
fronte, le mani.

Poco dopo, Giuseppe entrò nella stanza pensando di trovarli immersi nella lettura. Nicola e Sabina invece dormivano, vicini. Si sentí estraneo a quella scena, all'intimità
di quella stanza, e fece per andarsene.

– Sdraiatevi qua con me e la mamma, – disse improv-
visa la voce di suo figlio.

# La Temperanza

Qual è il messaggio dell'Angelo con due ali, vestito di rosso e azzurro, che tiene due vasi, rosso e azzurro, e fa sgorgare l'acqua in modo misterioso da un vaso all'altro? Questo messaggio non porta forse la buona novella secondo la quale esisterebbe oltre la dualità del «o-o», quella del non «solo - ma anche», o del «cosí come - ma anche»?

Su di noi la Chiesa vigilava. Cosí dicevano tutti e ripetevamo a sfottò Jutta e io sulle sedie in paglia davanti alla baracca, alludendo alla libertà con cui ormai si sfuggiva alle regole, come l'odore della minestra sul fuoco non ce la faceva a restarsene in casa e ci raggiungeva fuori per venire a impregnarci le mantelle.

Il sole a spizzichi calava davanti ai nostri occhi che non vedevano piú lo Stretto, in mezzo c'erano cosí tante rovine che ormai mi ero scordata di vivere sul mare. Incipiente, aprile ci portava la Pasqua e sbriciolava i giorni di quaresima. Alla fine di marzo, il vento del Nord bussava alle ossa costringendoci ad annodare piú fitto lo scialle, Jutta insisteva: copriti, copriti. In verità io non sentivo mai freddo con la pancia, la creatura crescente era la mia stufa, sudavo e appestavo i vestiti sotto le ascelle, tanto che dovevo lavarli spesso e si assottigliavano con il sapone fino a sfilacciarsi all'altezza dei gomiti o delle clavicole.

– La Chiesa ha vigilato ancora, – rise Jutta, mentre ce ne stavamo davanti alla baracca a rubare l'ultima luce del pomeriggio. – Il terzo matrimonio in una settimana.

– Chi si sposa stavolta?

– La figlia di Rosa con Carlo, il panettiere.

– Un'altra focaccia nel forno –. Ero diventata piú sguaiata, non mi vergognavo di ridere forte, di parlare ad alta voce, di fare battute riguardo argomenti sui quali un tempo avrei sorvolato: l'ennesimo effetto della gravidanza, questa sintomatica dittatura del corpo che mi faceva vedere sotto una luce diversa i corpi degli altri, di tutti gli altri. E di tutte le altre.

Quasi le pareti delle baracche fossero trasparenti, io le attraversavo e spiavo le ragazze: la notte facevano l'amore, sfrecciavano come fulmini nel temporale, appiccavano fuochi nel buio. Disobbedire era il verbo in virtú del quale sopravvivevano; le madri sopportavano, e si affrettavano a celebrare i matrimoni delle figlie quando il peccato non era ancora evidente. A me quelle giovani stavano simpatiche: ciò che per il mio corpo era stato violenza loro sapevano prenderselo con gioia di ribellione; anche se dovevano chinare la testa come ladre, erano state coraggiose, ardite.

Grazie a loro, nel villaggio la mia creatura avrebbe avuto molti fratelli, molti cugini, finché fossimo rimaste lí, sarebbe giunto il tempo delle nascite, ma quanto sarebbe durato quello della ricostruzione? I sopravvissuti si accoppiavano tra loro, il futuro erano promesse dimenticate dai regnanti, promesse sfocate lasciate a prendere polvere assieme alla pila di riviste che ogni tanto Jutta e io ricordavamo di buttare: Messina rinascerà piú bella, Messina risorge, nuovo piano regolatore per Messina.

– Com'è andata oggi? – cambiò argomento Jutta. Si alzò per stringermi lo scialle sul petto che si faceva via via piú grosso, sotto il vestito i capezzoli si inscurivano e si allargavano.

Era stata una giornata difficile. Mimma, la piú indisciplinata e selvatica delle mie alunne, aveva rotto una finestra nel tentativo di uscire di nascosto dalla baracca, approfittando di un momento in cui mi ero allontanata per concordare con il prete la consegna di alcune sedie.

Era una bambina burrascosa, sapevo che durante il terremoto aveva perso il padre, come molti di loro. Ciascuno aveva una reazione diversa alle perdite, c'era chi parlava tantissimo e chi non parlava affatto, chi si faceva scudo studiando con diligenza e chi esorcizzava facendo lo sbruffone. Mimma aveva un'inclinazione da capopopolo, era molto sveglia e rifiutava di collaborare con i compagni, preferendo farsi notare con azioni eclatanti. Si era ferita cadendo dalla finestra e, dopo averla sgridata, le avevo detto che la mattina seguente si sarebbe dovuta presentare a scuola con la madre.

Jutta disse che lei non avrebbe saputo neppure da dove cominciare per tenere a bada quei ragazzini sconosciuti. Era uno sforzo continuo farli lavorare insieme, arrivavano in classe disallineati, delle stoviglie sparpagliate su un tavolo, era difficile fare il dettato a quelli piccoli mentre i piú grandi scrivevano i riassunti, non assegnare voti che accentuassero le disparità e far sí che avessero voglia di tornare l'indomani. Tenerli dentro una scuola, dopo che tutto quello che avevano imparato negli ultimi mesi era successo fuori da scuola, fuori dalle loro case e fuori anche da loro. Tenerli dentro, mentre ancora di quel fuori sentivano il richiamo. Stavo per chiederle anch'io della sua giornata, del corso di sartoria ormai avanzato, quando fummo interrotte.

– Allora ho ragione, siete voi *'a maestra.*

In piedi davanti a noi c'era Elvira, la vicina di casa di mia nonna che aveva perso le figlie la notte del terremoto. Ci fissava con una mano sul fianco, la testa di lato e l'aria di chi era proprio venuta a cercarci.

– Mimma vi ha descritta bene, dalle sue parole siete uscita precisa, le ho fatto ripetere il vostro nome due volte perché non mi combaciava. Quando vi conoscevo io non vi chiamavate vedova Cosentino.

– Che c'entra con voi Mimma?

– È mia figlia.

Quella ragazzina era una delle figlie di Elvira? Non le somigliava, e poi: com'era riuscita a sopravvivere? Sotto il crollo della nostra parte di palazzata non era rimasto vivo nessuno, lo avevo chiesto io stessa ripetutamente, lo avevo fatto chiedere a Jutta, per aver conferma sempre della stessa risposta: nessuno a parte noi. Né mia nonna né l'amica né la governante di Jutta. Nessuno.

– L'avete trovata? – chiesi comunque, confusa.

– Tutti abbiamo trovato qualcosa. Voi addirittura un marito…

Jutta si alzò. – Signora, se siete venuta a minacciarci, ve ne potete tornare da dove siete venuta.

– E che me ne importa di fare le minacce a voi? Io in questi mesi ho imparato a campare, che forse prima non ero capace.

Dietro l'espressione dura, di sfida, si svelò un volto provato. Elvira aveva voglia di piangere, vibrava il suo desiderio di crollare, perciò liberai una sedia dai ricami con cui Jutta si esercitava; lei però rifiutò di sedersi. Una folata di vento le fornì la scusa per coprirsi gli occhi con le mani.

– Se vi fermate, oltre alla minestra posso preparare tre frittate di uova con la groviera. Vi piace il formaggio del Nord? – Jutta doveva aver avuto la mia stessa sensazione, perché subito si era addolcita. – Purtroppo non possiamo fare carne, se vi accomodate con noi vi raccontiamo perché.

– Devo rientrare al villaggio americano.

– Vi tratteniamo poco, ma almeno non mangiate sola.

Pochi minuti dopo, avevamo trascinato le sedie in baracca e ce ne stavamo tutte e tre intorno a un tavolo. Jutta si alzava spesso per girare la minestra e friggere le uova secondo la sua ricetta.

– L'hanno fatto anche a me, – disse Elvira fissandomi il ventre. – E non sono stata fortunata, io.

– Cosa intendete?

– Non sono rimasta incinta, non mi è restato niente, soltanto lo schifo.

Ricordavo benissimo i due uomini in divisa che si erano avvicinati all'alba del disastro, quando ancora eravamo stordite. Ricordavo il modo in cui l'avevano puntata, e come avevo provato invano a portarla via, mentre lei era disposta a tutto nella folle speranza di riavere le figlie.

– Magari mi fosse venuto un *picciriddu*, invece non ho avuto niente, in compenso col nuovo anno si è presentato mio marito. La sua amante era morta, invece lui e una dei loro figli si erano salvati. Lui lo odiavo, ma la bimba aveva qualcosa negli occhi.

– Avete fatto bene, – dissi. Lo sguardo dei bambini: qualcosa che sottometteva anche me, uno spettro che conoscevo bene. Da quando ero scesa dalla torpediniera *Morgana*, continuavano a tormentarmi quegli occhi dalle ciglia lunghe. Allontanai l'ombra del mio fantasma e tornai alla realtà. Doveva essere orribile dividere il letto con un uomo cosí.

– Ho fatto bene, sí, perché lui è crepato dopo una settimana. Il terremoto gli aveva spaccato la testa da dentro, e il cervello sanguinava, anche se non si vedeva nulla. Emorragia cerebrale, ma in quei giorni, con tutti quelli che sanguinavano di fuori, a nessuno importava dei feriti senza ferite. Mi è morto davanti, e vi dico la verità: meno male che non ho avuto il tempo di chiamare il dottore perché non so se l'avrei fatto, e da morta brucerei all'inferno. Ma quello non se lo meritava.

– E Mimma?

– Lei ormai è figlia mia. Me l'ha mandata la Madonna. È pazza, l'avete vista, – rise. – Pazza completa, come

quella che l'ha messa al mondo e come suo padre, ma la
cresco io e non me la toglie nessuno. La raddrizzo a poco
a poco. A scuola non voleva venire e invece si è convinta,
la maestra Cosentino le piace.

– È scaltra, però ho paura che mi scappi dalla finestra per
quanto è imbizzarrita. Fate bene a mandarmela in classe,
gli altri alunni le vogliono bene, – esagerai per rassicurarla.

– Le mie tre erano tre angeli, questa qui è proprio diversa, ma comunque mia è.

– Hanno aperto il nuovo ufficio anagrafe, potete regi-
strarla col vostro cognome.

– La tengo con il cognome di mio marito, cosí mi dànno
la pensione e la casa. Non ve lo devo spiegare io.

Abbassai lo sguardo.

Jutta portò le frittate in tavola e la minestra rimase ad
aspettare, il formaggio caldo filava, prima di raggiungere
le nostre bocche si allungava e stirava, dovevamo spezzar-
lo con le dita, accantonammo le posate e cominciammo a
mangiare con le mani, appollaiandoci comode con i piedi
scalzi sotto le gonne, mentre la notte scendeva su di noi.

La sera successiva alla prima volta, Elvira tornò a trovarci con Mimma. Insieme vennero anche il giorno dopo.
Quello dopo ancora, Jutta e io avevamo già preparato il
letto per entrambe, perché era meglio non rientrassero col
buio, ed era comodo che Mimma venisse a scuola con me
al mattino, stavamo vicine e lei poteva dormire un poco
di piú. Dormire piú a lungo la tranquillizzò, la mattina
era meno scalmanata, inoltre non era piú sola: c'ero io,
c'era Jutta, c'era questa creatura nella pancia con cui la
bambina fantasticava di giocare.

Non passò neanche una settimana che Mimma ed Elvira
si trasferirono da noi. Dove stavamo in due saremmo sta-

te in quattro e poi in cinque, a meno che non ci avessero
dato le case prima, ma ormai avevamo smesso di creder-
ci, il futuro presto o tardi sarebbe arrivato come la morte, nel frattempo però bisognava vivere. Prima di lasciare il villaggio americano, Elvira cedette la sua baracca a
un'altra donna, una che la burocrazia aveva tagliato fuori
e che dormiva dove capitava, tenne per sé solo la richiesta
di un'abitazione per le nuove case popolari. Chissà dove,
chissà quando.

Intanto, ci facevamo compagnia tra noi. Jutta miglio-
rava in cucina e io avevo meno nausee, cominciavo a ri-
sentire qualche sapore, ma la mia bocca restava metallica
e dopo ogni pasto il cibo mi risaliva inacidito, però di solito riuscivo a trattenerlo, non vomitavo piú ogni giorno.
Una mattina mi svegliai con la pancia che sporgeva tutta
in fuori, raddoppiata nella notte. Jutta ed Elvira mi chie-
devano: scalcia? Io non sentivo niente, solo gorgoglii, e
avevo paura che la creatura morisse o non fosse robusta
abbastanza da vivere e muoversi.

– Finché vomitate non c'è da preoccuparsi, – diceva Elvira, – poi smetterete e cominceranno i calci.

La guardavo perplessa, e lei: – Fidatevi, di figlie ne ho
fatte tre.

– Quattro, – aggiungevo io indicando Mimma, e trasformavo la perdita in futuro.

Un pomeriggio Jutta tornò dal corso piena di allegria:
all'uscita, alcune signore l'avevano fermata per commissio-
narle dei rammendi. Rimase sveglia fino a tardi e li conse-
gnò la mattina seguente, ricevendo in cambio i primi soldi
guadagnati con quel lavoro e, soprattutto, alcune ordina-
zioni di abiti da uomo e da donna. Pochi, tra i baraccati,
potevano permettersi un sarto vero, però tutti erano stu-
fi di indossare i vestiti rubati ai morti, sempre gli stessi e

impregnati di puzza della catastrofe, sempre troppo corti o troppo grandi, appartenuti alle anime sepolte sotto i
nostri piedi.

«Li sentite, – mi sussurrava Jutta di notte. – Non ci
perdoneranno mai di vivere sopra di loro».

Allora anche lei, di consueto cosí solida, si concedeva
di piangere piano, avvinghiata alla mia spalla, ed ero io
ad accarezzarle i capelli e dirle che sarebbe andato tutto
bene, a confortarla, come di giorno faceva lei con me. Le
portavo la mano sulla mia pancia e a poco a poco si calmava, entravamo nel sonno insieme, strette sotto le coperte,
mentre Mimma ed Elvira dormivano nell'altro letto, ab-
bracciate pure loro.

Quella notte, però, Jutta non pianse. Si mise a lavorare alla sua prima giacca da uomo, ricavata da una tenda.

– Non avete mai voglia di tornarvene a casa vostra?

La domanda uscí spontanea il giovedí di Pasqua, mentre ci facevamo spazio a vicenda davanti allo specchio, per
annodare i veli sotto il mento prima di recarci ai sepolcri.

– Casa mia è questa, – mi rispose Jutta, secca. Lo sapevo già, eppure fui contenta di sentirglielo dire, e mi ri-
promisi che non glielo avrei chiesto piú. In realtà volevo
arrivare alla sua amicizia con mia nonna, di cui non sapevo molto. Quando parlavamo di lei era Jutta a chiedere,
ad ascoltare, io mi tenevo il privilegio di un rapporto che
diventava via via piú esclusivo nel ricordo; sapevo però
che la figura di mia nonna esondava dal ruolo familiare,
e adesso che non c'era piú avevo voglia di immaginarla in
quella sua vita a me lontana.

Jutta raccontò che si erano conosciute a una festa, a casa
di un professore di biologia, comune amico. Sorrisi pensando a quanto la nonna fosse affascinata dall'università,

a com'era felice ogni volta che poteva lambirne il mondo.
Jutta descrisse un salone sfarzoso, lampadari, argenteria,
una festa aliena e di irraggiungibile lontananza rispetto al
punto in cui ci trovavamo noi; chissà se il terremoto era in
agguato nelle faglie del mare che circondava i balconi, se
il desiderio della terra di spazzarci via stava già crepando
le nostre fondamenta.

– Cosí va bene? – Mimma ci riportò al presente, piaz-
zandosi anche lei di fronte allo specchio. Le sistemai il
velo in modo che le coprisse il collo, tirava il ponentino e
avevo paura che la piccola prendesse freddo. Mi accorsi
solo dopo averlo fatto che era la stessa premura che Jutta
mostrava nei miei riguardi: era facile per noi avere cura
delle altre, meno facile farlo per noi stesse.

Elvira ci aspettava sull'uscio. Ci avviammo tutte e quattro in processione per la visita ai sepolcri di Pasqua, altari
di grano e germogli che custodivano l'eucaristia, il corpo di
Cristo. I *graniceddi* erano piccole tombe che non accoglie-
vano la fine del corpo ma il miracolo della Resurrezione,
e venivano esposte nelle chiese della città il giovedí santo.
Era tradizione visitarne almeno sette, come i dolori della
Madonna; Elvira disse che per lei ne bastavano cinque, le
piaghe di nostro Signore.

Era la prima volta dopo molto tempo che camminavo
per Messina. L'epoca dei miei attraversamenti solitari nella
città appena distrutta, ancora in fiamme e sanguinante, era
lontana: adesso tutto era coperto da una quieta normalità,
le macerie ammassate agli angoli delle strade facevano da
quinta teatrale mentre il palcoscenico se lo prendevano le
nuove botteghe, le catapecchie tirate su come veniva, gli
uffici ripristinati e perfino qualche hotel per viaggiatori
di passaggio. Ci dirigemmo verso le chiese risparmiate dal
disastro, rievocando fra noi quelle che non avremmo piú

rivisto. Con la nonna cominciavamo il giro sempre da San Gregorio, che non esisteva piú, noi partimmo invece dalla Santissima Annunziata dei Catalani, continuammo nelle parrocchie nuove costruite negli ultimi mesi, e ordinammo una limonata rinfrescante in un chiosco accanto alla vecchia Santa Maria Alemanna, la chiesa piú amata. Cercai un inginocchiatoio libero e, tra incensi e fiori, mi rannicchiai a pregare, quando una mano si poggiò sulla mia spalla.

– Barbara, – mi chiamò una donna che non riconobbi.

Indossava un maglioncino leggero con un girocollo di ruche, dai lobi pendeva un paio di monachelle di perla, il fazzoletto incorniciava un viso grande dai lineamenti piccoli e dalla pelle bruna.

– Siete viva, allora. Non mi riconoscete? Sono la madre di Vittorio Trimarchi.

– Certo, scusate, – mentii con un sussulto.

– Ci siamo viste il 27 dicembre, all'*Aida*.

– Certo, lo rammento, – mentii ancora col cuore che mi batteva forte, perché ricordavo solo suo figlio.

– Era venuto per voi –. La guardai stupita. – Non parlava d'altro. Avevamo i biglietti per la sera precedente, ma aveva voluto cambiarli a ogni costo: mamma, c'è la nipote della Ruello, diceva tutto contento.

– Dov'è? – balbettai.

– Che domanda fate? – sembrava adirata, piú che sorpresa. – L'hanno tirato fuori tre giorni dopo, troppo tardi. Io non mi sono mossa da lí, gli parlavo, pregavo, ma quelli ci hanno messo una vita e me l'hanno ammazzato.

Una mano mi strinse il cuore fino a stritolarlo. – Ha fatto la fine del professore... – aggiunsi, senza fiato.

– Chi? Salvemini? Ma dove vivete? Il professore è vivo, ha perso moglie, figli, sorella, ma lui è ancora fra noi. Certo, è fuggito da Messina, lui che poteva.

– Avevo notizie diverse, – mi giustificai.

– Erano dei primi giorni, quando non si capiva niente. La madre di Vittorio abbassò lo sguardo sulla mia pancia.

– È mio?

Avvampai.

– È di mio figlio?

– Cosa dite? Non ci eravamo mai visti prima di quella sera.

Mi scrutò dubbiosa, arcigna. – Lui vi aveva vista eccome. Sospettavo che non mi dicesse la verità, e anche di voi mi fidavo poco, venivate troppo spesso in città, perché non ve ne stavate al paese vostro?

Qualcuno ci rimproverò invitandoci a fare silenzio, eravamo pur sempre in una chiesa. Una candela si spense, altra gente entrava, cercai in giro Jutta ed Elvira, ma dovevano essere già fuori e probabilmente mi stavano aspettando, Mimma non riusciva a stare ferma a lungo.

– Devo andare, – sfidai la madre di Vittorio Trimarchi, e lei mi seguí fin sul sagrato.

– Vi troverò e mi riprenderò mio nipote, – sibilò, mentre le mie amiche mi raggiunsero di corsa. – È mio e non vostro, capito? – cominciò a gridare, per poi insultarmi e sputare per terra. Un gruppo di persone si avvicinò.

– Siete pazza, lasciateci in pace, – urlò Elvira. Jutta intanto prese per mano me e Mimma, e qualche curioso intervenne per calmare la donna.

Ci allontanammo in fretta. Il vento sferzava mani e orecchie, la pancia-stufa non funzionava piú, non appena fummo a casa Jutta mi preparò impacchi contro l'otite e un emolliente per le nocche tagliuzzate e screpolate. Eravamo scioccate e impaurite, ma cercavamo di parlare d'altro per non spaventare Mimma. Elvira le raccontò una fiaba, la bambina continuava a chiedere chi fosse quella signora e non si accontentava di sentirsi rispondere che non lo sapevamo nemmeno noi.

Quella notte ci chiudemmo dentro la baracca. Elvira si addormentò subito, Mimma invece venne da me e Jutta, non riusciva a dormire, la mettemmo in mezzo a noi e si tranquillizzò. Io feci sogni agitati, la madre di Vittorio mi tirava il ventre con lunghe mani ossute e me lo staccava dal corpo con un coltello, strillavo per chiedere aiuto, ma le mie amiche non arrivavano. Mi svegliai in lacrime, Mimma scappò nel letto di sua madre, che la riaccolse, Jutta mi calmò ripetendomi che nessuno mi avrebbe tolto mio figlio, né in quel momento né mai.

All'alba, a svegliarmi fu un tonfo che veniva dritto dal ventre. La mia creatura aveva tirato il primo calcio.

# Gli Amanti

Non sentiamo forse, contemplando la sesta carta dei Tarocchi, una voce che dice: «Ti ho trovato», e un'altra che dice: «Chi mi cerca mi trova»?

Cara Emma,

finalmente mi è arrivata la tua lettera, se avesse tardato ti avrei scritto ancora io. Anche tu mi manchi tanto, grazie per aver mandato la foto, la tua nuova mamma la immaginavo proprio cosí, con i capelli biondi, mentre non immaginavo che il tuo papà fosse un uomo pelato. Comunque è molto elegante. Aveva ragione monsignor Cottafavi, i genitori perfetti per noi erano da qualche parte ad aspettarci. Mi dispiace che la mia famiglia giusta fosse a Biella e la vostra a Napoli, perché altrimenti magari avremmo frequentato la stessa scuola, chissà! Nella foto Camilla ha i capelli molto lunghi, io invece vado spesso dal barbiere e non li ho piú spettinati come quando ci siamo conosciuti.

Il ricordo piú bello di Reggio Calabria è la nostra amicizia.

Da Reggio è arrivata anche una lettera degli uffici per i documenti. C'è scritto che i miei vecchi genitori sono morti. Due settimane dopo che siamo partiti hanno recuperato i corpi e li hanno seppelliti al cimitero. Un giorno andrò a trovarli e porterò loro un mazzo di crisantemi e orchidee, non avevamo parenti lí quindi non credo ci vada nessuno mai.

La mia nuova mamma mi ha raccontato una cosa molto triste. La mia casa è stata fatta crollare. Era pericolante e l'hanno fatta saltare in aria, perché nessuno poteva andarci a vivere, e al suo posto ne tireranno su un'altra. Ti ricordi la cantina davanti alla quale ci siamo visti? Io dormivo lí. Ho lasciato tutte le mie cose, ma mi manca solo la mia collezione di giornaletti. Mia mamma Sabina ha fatto richiesta postale per comprarmi gli arretrati, cosí mi peserà di meno non avere i miei. Spero che li prenda un altro bambino. Chissà se sopra la cantina ci costruiranno o resterà com'è ora, con la porta aperta sul giardino dove sei venuta a cercarmi. Forse può essere comoda per conservare il vino e l'olio.

Comunque, adesso che abbiamo i documenti, i miei genitori possono adottarmi per davvero. Ogni tanto la notte sogno che i miei vecchi
genitori tornano a prendermi, ma io voglio rimanere qua e mi aggrap-
po alla veste della mamma.

La mia vecchia madre era il diavolo, e mio padre pure. Non te l'ho
mai detto, perché quando ci siamo conosciuti non parlavo e non volevo farti spaventare.

Pensavo che Sabina mi avrebbe rimproverato, invece quando
gliel'ho confessato mi ha detto solo: adesso è passato. E poi, quella
sera, ho sentito che diceva a mio padre: pensavi che il bambino non
ci avrebbe voluto bene perché gli sarebbero sempre mancati i suoi
genitori, e invece.

Ah, quando sarò grande e andrò a Reggio Calabria, voglio passare
anche a Messina. Ci sono stato alcune volte e ho un'amica che forse
si ricorda di me. Magari, scendendo, mi fermo pure a Napoli, infilo
in valigia tutti i dolci di qua, ti piaceranno moltissimo. Intanto nella
busta metto un cioccolatino e una foto sulla neve, di quel viaggio che
ti avevo raccontato nell'ultima lettera. Mio padre è venuto meglio che
nell'altra, mia madre invece è uguale.

Ora vado, domani è il primo giorno di scuola e devo preparare i
quaderni, non studio piú a casa, ma andrò in una scuola vera. Sono
emozionato.

Non tardare troppo a rispondermi!

Nicola Crestani

# Il Mondo

La prima impressione è che l'ultimo Arcano Maggiore ci voglia suggerire la concezione del mondo come movimento ritmico o danza della psiche femminile, sostenuto e accompagnato dall'orchestra dei quattro istinti primordiali – un arcobaleno di colori e di forme; in altre parole, che il mondo è un'opera d'arte.

Cara Rosalba,

sono le sei del mattino e sono sveglia, voglio approfittare di questo momento solitario per dirvi di me, come ho vissuto in questi mesi. Mi dispiace avervi mandato solo foto e saluti nei post scriptum delle lettere di Jutta, ma non riuscivo a scrivere, potrei giustificarmi dicendo che ero assorbita dalla scuola la mattina e nel pomeriggio dovevo badare a Mimma, aiutare Jutta in cucina, rassettare... E poi sono sopraggiunte le ultime settimane di gravidanza e non c'era spazio per nient'altro. Ma le scuse non basterebbero, la verità è che la vita mi ha assediata tutta insieme e le parole se ne sono state da qualche parte ad aspettare.

Vi ho letta sempre, però, e sbirciavo le lettere che Jutta metteva nella busta per voi, invidiando la precisione con cui vi teneva aggiornata. Ho letto il suo racconto sulla nostra Pasqua, ma poiché è modesta ha omesso di aver preparato un delizioso *sciusceddu*, una torta cosí aerea e morbida che sembra una nuvola, un soffio di uova, ricotta e polpette che ricorderete tipica di questa città. Era squisita. Quel giorno un po' sono risorta anch'io, le nausee sono diminuite e per la prima volta ho riassaggiato la carne. Anche ora, mentre scrivo, penso alle occhiatacce di madre Fortunata quando la rifiutavo e lei pensava che fossi altezzosa, invece ero solo incinta.

Credo che Jutta non vi abbia detto nemmeno di Theodore Roosevelt, che è venuto a passeggiare tra le nostre miserie. Nella folla ci siamo accalcate per riuscire a scorgerne appena la schiena, un puntino nero e lontano, e questo è il massimo che abbiamo rubato alla visita del presidente. Chi ha parenti laggiú si è già imbarcato, e chi è rimasto ha ricevuto donazioni da zii e cugini che hanno celebrato con fastosa carità le loro origini italiane. Come sapete, l'America ha diffuso foto di assegni firmati da magnanimi filantropi e storie strappalacrime di bambini chiamati Giuseppe o Rosario, che per i vicoli di New York mendicano per raccogliere un dollaro da inviare ai cugini piú sfortunati in Italia. A noi, intendo a me, Jutta ed Elvira, nessuno ha inviato niente. A Roosevelt, i messinesi hanno dedicato una strada.

Mi rendo conto che sto prendendo tempo. Inutile che mi soffermi sull'estate, torrida e sfiancante: Jutta vi ha già detto dell'assalto dei topi nelle baracche, di come li abbiamo sterminati con le foglie di sambuco, di quanto con il caldo ci è mancato tutto. Per fortuna, alle donne in gravidanza dànno doppia razione di acqua, altrimenti sarei morta di sete, saremmo tutte morte di sete. Per me, la gola secca non è un bel ricordo, magari un giorno vi confiderò perché.

Allora, ci arrivo, so cosa volete sapere: sí, è nata la creatura che aspettavamo.

Ho partorito il 28 di settembre, a un quarto alla mezzanotte. Ho sentito le contrazioni al mattino, Mimma era a scuola, Elvira a fare la spesa e Jutta a portare i vestiti ai clienti, ormai lavora tantissimo (è la sarta piú richiesta della città, è troppo modesta anche per dirvi questo, quindi ve lo garantisco io). Non ho avuto paura perché dalla fine di agosto veniva a trovarmi una giovane levatrice, piú giovane di me, una ragazza con la nascita nel cuore, che mi diceva in che modo avrei dovuto respirare, mi metteva allegria e mi tranquillizzava con la sua sola presenza. All'ora di pranzo Elvira è rincasata e l'ho mandata a chiamare la levatrice, poi è rientrata anche Mimma, infine Jutta, e la sera, non appena la bambina ha cominciato a premere, è venuta fuori sul mio letto, in mezzo a noi. Il cordone l'ha tagliato Jutta, abbiamo voluto cosí. La bambina l'ho chiamata Cinzia, come la levatrice. Non le ho dato il nome di mia madre perché non voglio vivere con lo sguardo al passato, non voglio che su mia figlia ricada nessun'ombra, nessun destino, la sua strada dev'essere libera. Cinzia Cosentino non è di nessuno, nemmeno mia: appartiene al mondo, a questo mare, a questa città che di lei avrà cura. Voglio sperarlo, con ostinazione e fiducia.

Ricordate quando vi dissi che gli occhi di un ragazzino dalle ciglia lunghe venivano a visitarmi in sogno? Pensavo fossero quelli della mia creatura, li avrei riconosciuti non appena l'avessi messa al mondo. Ma non erano quelli di Cinzia, lei li ha chiari, grandi e luminosi: ve l'ho detto che non appartiene al passato, e comunque dacché è nata lei quegli occhi sono spariti.

Cara Rosalba, ho scritto troppo. Mi fa male la mano, non sono piú abituata. Mimma si è avvicinata a me perché è tardi, deve andare a scuola e sono io a prepararle la merenda, pane al latte con una fetta sottile di prosciutto, come piace a lei. Quanto vorrei che la conosceste, perché non venite a trovarci a Natale? Con l'anno nuovo andrà in una scuola di mattoni, non la baracca dove per ora un'altra maestra mi sostituisce. Quanto a me, una cosa è certa: appena possibile mi iscriverò all'università e voglio continuare a fare la maestra. Elvira e Jutta mi incoraggiano e mi dicono che ci possiamo organizzare con gli orari, le figlie e i lavori.

Forse nel 1910 ci daranno le case vere e proprie, ma voi ci credete? Ormai sento questa solfa da mesi. Non importa. Quando sarà, non ci divideremo. Terremo una casa per noi e una per le bambine, per quando saranno grandi. Non abbiamo altro che noi stesse, ma è tantissimo.

Lo so, volete sapere di Cinzia.

Sta dormendo sulle mie ginocchia e non si è svegliata, anche se questa lettera è piena di emozioni e lei sente tutto quello che succede a me. Dovete venire di persona a portarle il vostro regalo di battesimo, non voglio che lo spediate.

Vi bacio, vi aspetto. Vostra,

Barbara

Novembre 1919

Qualche giorno fa mia figlia è rientrata accompagnata
da un ragazzo sui vent'anni, il doppio dei suoi. Cinzia, le
ho ricordato severa quando mi ha detto che uno sconosciu-
to l'aveva fermata per strada e lei se l'era portato dietro
fino alle scale di casa nostra, Cinzia, ti ho ripetuto cento
volte di non dare confidenza ai maschi.

Poi è apparso un giovane uomo. Cioè: un paio d'occhi
dalle lunghe ciglia brune. Sono stata sbalzata a un'altra
epoca, a un'altra me. Ammutolita, ho fatto un passo indietro sulla soglia.

– Non mi riconoscete, ma io non ho mai dimenticato
voi, – ha detto il ragazzo con un'inflessione limpida, un
po' nordica.

Mi sono scostata per farlo entrare.

– Come sta Jutta, – ha chiesto mia figlia.

Ho ripetuto la risposta dell'infermiera: – Stazionaria.

– Questo signore ha detto che vi siete conosciuti durante il terremoto, – ha proseguito Cinzia, ed è scappata
in cucina a rubare qualcosa da mangiare.

Ho fatto accomodare il ragazzo sulla poltrona migliore
e sono andata a prendere un vassoio di biscotti alle noci
comprati proprio quella mattina. Non sono buoni come
quelli che fa Jutta, ma non voglio lasciare mia figlia senza
dolci, sono già settimane difficili.

– Lo so chi siete, – ho detto.

– Non ho mai capito se mi avevate visto o no, – ha risposto, – io però non avrei avuto pace fino a che non fossi venuto a cercarvi per chiedervi scusa.

I ricordi sono riaffiorati talmente nitidi che ho dovuto appoggiarmi al tavolo per essere sicura di non trovarmi ancora sulla *Morgana*, ma a casa mia, al sicuro, sulla terraferma.

– Scusa di cosa? – ho chiesto.

– Di non aver fatto niente per difendervi da un uomo che oggi ucciderei, – ha detto. E poi: – Non avevo questa forza nelle braccia, non avevo neppure la voce per urlare, quella anzi mi è sparita per molto tempo. Voi siete stata l'ultima notte della mia infanzia.

– In che modo mi avete rintracciata?

– È stato lungo ma non difficile, – ha risposto. – Sono venuto qui per cercarvi, prima però mi sono fermato a Reggio, volevo vedere casa mia, che non esiste piú, non c'è piú niente, quelli che conoscevo sono morti o se ne sono andati, come feci io. Tutti tranne Madame, – ha fatto una pausa. –Ve la ricordate, Madame? È tornata sullo Stretto e ha aperto un hotel per francesi. Dovreste andare da lei in visita, si ricorda benissimo di voi. Le ho spiegato perché ero qui e vi ho descritta, e lei vi ha riconosciuta, mi ha detto di avervi incontrata quando eravate incinta.

Non avevo mai dimenticato la carta dell'Imperatrice, anche se a poco a poco era scivolata in fondo alla memoria.

– Mi ha detto che aspettavate una femmina, – ha proseguito, – l'aveva visto dentro la vostra pancia, anche se non ve lo aveva detto perché sembravate già piuttosto spaventata.

– Vorrei rivederla, – ho detto con un filo di voce.

Lui ha continuato: – Allora ho preso il ferry-boat, non è stato facile salire su una nave di questo mare, era troppo uguale a quel giorno, sapete?

Sapevo.

– Ho cominciato a cercare ogni bambina nata nell'autunno del 1909, poi sono andato davanti a un paio di scuole e, cosa devo dirvi, l'ho riconosciuta subito, è uguale a voi, se non fosse per quegli occhi chiarissimi.

– Uguale a me no, per fortuna, – ho risposto pronta, perché non ho mai voluto che mia figlia somigliasse ad altri che a sé.

Siamo rimasti zitti, incerti se nominare o no il marinaio.

È stato lui a spezzare il silenzio.

– La città è cambiata, – ha detto.

– Hanno fatto saltare tutto, – ho risposto, – chiese, cortili, collegi, l'Ospedale grande, la palazzata...

– Quello che era ancora in piedi era piú comodo spazzarlo via, – ha rilanciato lui, – l'ho letta sui giornali, questa smania di ricostruire, eppure mi chiedo: perché distruggere dove si poteva aggiustare? Quello che ci ha tolto il terremoto va bene, ma quello che ci hanno tolto gli umani non lo capisco.

– E quello che non ci avevano levato il terremoto e la dinamite, ce l'ha tolto la guerra, e alla fine la spagnola, – ho rincarato.

– Con la pandemia ho perso mia madre, – ha detto lui.

– Quella vera, intendo, cioè quella adottiva.

– Le famiglie in cui nasciamo non sempre sono vere famiglie, – ho risposto. – Io ho perso una sorella e una nipote, e sto lottando per salvare la seconda sorella.

Pensando a Elvira e Mimma mi sono commossa, la loro perdita era troppo vicina.

– Ho perso anche mio padre, – ho ammesso sentendo ancora forte il rimorso, perché dalla notte del terremoto non ero mai andata a Scaletta a cercarlo, a dirgli che ero viva, e avevo saputo della sua morte per caso, mesi dopo

che era avvenuta. Eppure, nel mio cuore, non ero stata io
a lasciarlo andare, ma era stato lui a lasciarmi morire, rim-
piazzandomi con un altro figlio, quel maschio che avrebbe sempre preferito avere. – Non ci vedevamo da molto
tempo, – ho aggiunto.

Il ragazzo ha annuito. – Le famiglie in cui nasciamo non
sempre sono vere famiglie, – ha ribadito.

– Non vi ho chiesto il vostro nome.

– Nicola, – ha risposto. – Nicola Crestani. Ma quando
ci siamo incontrati ero Nicola Fera.

Nicola si è fermato a casa nostra per tutto il pomeriggio, ha giocato con Cinzia, è tornato anche nei giorni
successivi. A poco a poco, mi ha raccontato la sua storia e io ho ascoltato, un dettaglio dopo l'altro, e ho visto
quegli occhi dalle ciglia lunghe, quegli occhi fantasma-
tici farsi carne.

La mattina in cui Nicola è rientrato in Piemonte l'ho
accompagnato al porto. Prima di salire sul ferry-boat ha
esitato un attimo.

– Non è mai piacevole fare questa traversata, – ha detto.

E io, con un sorriso amaro: – Stavolta resto qui.

– Siete sempre rimasta qui, vero?

– Diciamo che mi è passata la voglia di salire su una nave.

Dal parapetto ha continuato a salutarmi. Non sono andata via dalla banchina finché la sua sagoma non è diventata un puntino e non si è dissolta.

Adesso, mentre rievoco la notte del 1908 nella mia so-
litaria seduta medianica, quello stesso mare di risacche e
dissesti, quel mare chiuso e lunatico ha assorbito nelle vi-
scere le tinte del crepuscolo, e seguita a rilasciarle a poco
a poco. Niente riesce a incupirlo. Le sue scie argentee si

sono trasformate in creste color vinaccia, e io so riconoscere in certi lampi aranciati sull'acqua l'eredità del tramonto. A sera il sole si è sdoppiato, di là è sceso sui profili dell'Aspromonte mentre di qua i suoi raggi piú violenti hanno colpito la maestà dell'Etna, placandosi soltanto oltre Capo Peloro, oltre la svolta di Mortelle, a poco a poco che il Tirreno si allunga verso il castello di Milazzo, in faccia alle isole Eolie, dove quel sole è sceso dentro un mare che si apre al Mediterraneo e non è già piú Stretto.

Adesso, sul ponte d'acqua che una volta chiamavamo Bosforo d'Italia, nessun vento turba i miei ricordi: le barche piú piccole riposano a riva, le lampare brillano come lucciole e tutt'e due le città sono spente.

È buio, come allora.

Niente voci sul mare, solo un silenzio stanziale ed eterno.

Niente scalpiccii né sussurri, stanotte i morti non fanno chiasso. Eppure, nel raccontare, sono arrivati nell'ombra ad ascoltare la loro storia, zitti come chi sa di non avere ancora avuto le parole giuste. Ne sono state spese molte, sul 1908 e il tempo a seguire: appropriazioni tendenziose, omissioni ignobili, esaltazioni arbitrarie, verità montate e smontate a seconda della forma da dare alla notizia. Cosí eravamo chiamati: notizia. Messina non esiste piú, ripetevano i giornali, mentre si speculava sulla sua ricostruzione. Reggio Calabria è finita, insistevano, e i suoi abitanti venivano sostituiti da altri.

All'epoca volevo diventare una scrittrice, come quelle dei romanzi che pensavo mi avrebbero cambiato la vita. Poi la vita me l'ha cambiata un'apocalisse e mi sono dovuta arrangiare a inventarmi un mestiere, una famiglia, tirare su una bambina. Sopravvivere.

Qualche mese fa sono andata al cimitero a trovare Elvira, Mimma, mia nonna. Avevo preso quattro mazzi di

fiori, il quarto era per Letteria Montoro, l'autrice del libro
che stavo leggendo il 28 dicembre di undici anni fa, ormai
sepolto sotto le macerie di una palazzata che non esiste
piú. La sua lapide, però, non è stata ricostruita: Letteria
Montoro non era piú da nessuna parte, mi ha confermato il custode.

– Le tombe distrutte dal terremoto le abbiamo buttate
via, – ha detto.

– E i corpi?

Non ho avuto risposta.

Tornata a casa, ho aperto il primo cassetto del comò.
Sotto la mia unica sciarpa di seta, accanto al diamante di
Jutta e a una spilla che mi ha lasciato Elvira, ho sfiorato
il frammento della lapide che avevo portato via con me
quando ero andata a trovare Letteria Montoro, poco dopo il disastro. Ho tirato fuori l'ovale della sua fotografia
e l'ho guardata fisso. Io non vi cancello, le ho sussurrato.

La sera dopo, una volta messa a dormire mia figlia, nel
silenzio ho cominciato a scrivere ciò che durante quell'anno era accaduto a me e ciò che era accaduto a Nicola. Non
volevo andasse perduto niente né di me né di lui, dei fatti che ricordavo bene e di quelli che mi aveva raccontato
nei nostri giorni assieme.

Questo non è il libro che pensavo di scrivere a vent'anni, ma cosí poche volte diventiamo ciò che da giovani cre-
diamo di essere.

Nient'altro è, questo mio romanzo, che una lettura tra
le ombre della storia, dove le luci restano sempre spente
e le vite delle persone sono sopraffatte da narrazioni posticce. Nient'altro, ma solo adesso, con l'ultima parola, la
notte ha smesso di tremare.

*Nota al testo.*

La prima citazione in epigrafe a p. 3 è tratta da Giovanni Pascoli, *Un poeta di lingua morta.*

La seconda citazione in epigrafe a p. 3 è tratta da Marietta Salvo, *Ritornando nei luoghi*, in *Vascello fantasma*, Perrone, Roma 2021.

Le citazioni in epigrafe alle pp. 7, 16, 27, 34, 43, 51, 61, 69, 77, 80, 86, 89, 99, 105, 110, 118, 124, 130, 137, 144, 156 e 158 sono tratte da Anonimo, *Meditazioni sui tarocchi. Un viaggio nell'ermetismo cristiano*, trad. di Michèle Leks, Estrella d'oriente, Caldonazzo (Tn) 2012.

La citazione a p. 22 è tratta dall'*Aida* di Giuseppe Verdi, su libretto di Antonio Ghislanzoni.

La citazione a p. 41 è tratta da Letteria Montoro, *Maria Landini.*

# Indice

p. 5 Preludio

7 L'Appeso

16 La Luna

27 Il Diavolo

34 L'Imperatore

43 La Ruota della Fortuna

51 La Torre

61 Il Carro

69 La Giustizia

77 La Morte

80 La Papessa

86 Il Matto

89 La Forza

99 Il Papa

105 L'Imperatrice

110 L'Eremita

118 Il Mago

124 Il Sole

130 La Stella

137 Il Giudizio

p. 144    La Temperanza

   156    Gli Amanti

   158    Il Mondo

   161    Novembre 1919

   167    *Nota al testo*

*Questo libro è stampato su carta certificata FSC®*
*e con fibre provenienti da altre fonti controllate.*

*Stampato per conto della Casa editrice Einaudi*
*presso ELCOGRAF S.p.A. - Stabilimento di Cles (Tn)*

C.L. 24890

Edizione                                                    Anno

2    3    4    5    6    7    8              2022   2023   2024   2025